DU MÊME AUTEUR

CET HIVER-LÀ, Phébus, 1990

LES AILES DU TIGRE, Phébus, 1993

L'ENFANT PERDU, Phébus, 1996

LE BONHEUR EN DOUCE, Phébus, 1998

LE BLEU DE LA MER, Phébus, 2003

OUBLIER L'ORAGE, Phébus, 2005

KAFKA RAMAIT LE DIMANCHE, Phébus, 2009

UNE FEMME SIMPLE, Grasset, 2014

LE GOÛT DU VENT SUR LES LÈVRES, Les Escales, 2017

Poèmes, in revue *Caravanes*, Phébus

LES SIRÈNES DU PACIFIQUE

Cédric Morgan

LES SIRÈNES DU PACIFIQUE

ROMAN

MERCVRE DE FRANCE

À Marie-France,
pour sa patience

De temps en temps
Les nuages nous reposent
De tant regarder la lune.

BASHŌ
(XVIIe siècle)

Yumi se tenait là dans le noir, derrière la petite maison qu'une étroite terrasse prolongeait du côté de la montagne. Elle tendait son visage vers le ciel, comme on fait pour se réchauffer sous un soleil d'hiver.

Chaque soir, sauf s'il pleuvait, elle venait là.

Tourterelle solitaire et silencieuse, son attention en éveil voguait de l'immensité du firmament à l'hésitante avancée, sur le bois de la rambarde, d'une chenille acrobate.

Elle songeait avec satisfaction qu'elle aurait sept ans au début de l'an nouveau. Elle était née l'année du grand tremblement de terre du Kantō qui avait détruit Tōkyō. Chaque fois qu'il était question de sa naissance on lui rappelait l'événement ; elle avait six mois.

Aux beaux jours, elle trouvait là, derrière la maison, un peu de fraîcheur, son *yukata*[1] clair orné de petits motifs géométriques d'un bleu-vert océan frémissait doucement à la brise ; dessous elle était nue. L'hiver, elle affrontait le

1. Sorte de peignoir léger en coton qu'on appelle parfois « kimono d'été ».

froid, peu mordant à cette latitude, dans une longue veste matelassée, couleur châtaigne.

L'éclairage de la lune, tamisé par l'incursion d'un nuage, enveloppait la silhouette de l'enfant et, dans le halo de son visage, par la fente étirée des yeux quasi sans paupières, deux billes d'obsidienne fixaient l'obscurité.

L'été touchait à sa fin mais les nuits héritaient encore de la chaleur du jour. Le jour qui s'esquivait tôt toute l'année. Sur le coup de 6 heures un rapide crépuscule répandait une ombre noire sur l'ensemble du ciel — en écolier étourdi qui renverse l'encrier sur sa page.

Elle guettait la lente apparition des étoiles. Elle n'avait accès qu'à un pan de l'espace, celui que dégageaient le toit d'écorce, et, du côté opposé, la pente sévère du relief qui s'élevait à moins de trente pas.

Sur le territoire du village de Toshi-chō les constructions avaient poussé là, champignons après la pluie, et se serraient entre la côte et le versant montueux l'une contre l'autre tels des oisillons au nid.

Une première tête d'épingle perça le drap sombre du ciel, clignotant faiblement. Puis en quelques minutes ce point papillotant se renforça telle une braise sur laquelle on souffle et bientôt il resplendit, piqueté tout là-haut, où sa lueur vive bien que vacillante marquait maintenant, droit au-dessus, le sommet de l'étendue.

Tour à tour, d'autres pointes lumineuses sortirent de l'obscurité, comme une troupe en marche révélée rang par rang à l'approche d'un lampadaire.

À force de fixer la profondeur de la nuit, elle éprouvait

parfois la puissance d'un vide qui l'aspirait — cet effroi qui vous saisit à se pencher très loin par-dessus le garde-corps d'un pont au-dessus d'une rivière tumultueuse. Elle ne craignait pas de s'y perdre, confiante dans la force de gravité de sa vie. Son existence était ancrée ici, sur cette île où la terre était sa maison, la mer son jardin.

Il lui arrivait déjà, quelquefois, de réfléchir à son sort et elle aimait se comparer à une fourmi sur la colline, une algue au fond de l'océan. En vie parmi des millions et des millions de semblables, et cependant possédant sa place dans le monde, son rôle, son utilité. Fétu de paille, mais au cœur du toit de chaume.

Au sol, une flaque laissée par la dernière averse formait une petite mare dérisoire et pourtant la totalité du ciel s'y reflétait. De même, Tōshijima, où elle vivait — qui sur la carte du Japon est figurée par un point à peine repérable, sans indication de nom, et qu'on distinguait difficilement de la ligne de côte, au sud-est du Honshū —, cette île qui se résumait à trois gros bourgs, dont Toshi-chō, le plus important et le port de pêche le plus animé, remplissait tout son univers.

Dans la paix d'un renfoncement de ruelle, le logis de la famille Kitayama formait la dernière bâtisse avant la montagne, et la plus éloignée du rivage.

Ici, il suffisait à Yumi d'étendre un bras pour toucher la réalité du monde, et l'autre pour frôler l'immensité des étoiles.

Elle savait ce qu'elle venait chercher, après le dîner,

et qui patientait dans l'ombre : une sensation, une joie qui n'avait pas de nom et dont la seule existence se suffisait. Elle écoutait les grillons qui étaient partout alentour, leur chant exultant, leur appel ivre de vie. Leur craquetante pulsation l'encerclait telle une brume sonore, l'isolait, la noyait dans son impalpable ardeur.

Par brefs instants tous se taisaient brutalement. Alors elle avait l'impression d'avoir franchi un bras de mer, de poser le pied sur un autre rivage. Il ne restait de la traversée qu'une buée légère sur ses lèvres. Comme d'avoir couru.

Deux pas suffisaient hors de la pièce commune pour qu'elle se retrouve face à la montagne. Elle refermait avec soin derrière elle le *shoji*[1] et c'était comme si elle embarquait sur le navire de la nuit. Secrètement emportée dans l'apparent surplace des planètes au sein de l'infini.

Autour d'elle dans le noir se dressait un monde d'avant les hommes, habité du grésillement des insectes, du bruit des vagues et des souffles mêlés qui étaient la respiration immense de l'océan.

Certains soirs Tsukiko rejoignait sa fille sur la terrasse et un moment partageait son voyage immobile. Et, les nuits de pleine lune, les hommes de la famille, le frère aîné, Noboru, et Izuho, le père, aimaient s'associer à cette contemplation. Chez eux elle n'était pas réservée à la saison des moissons.

Tous communiaient en silence, remplis d'un respect

1. Porte ou paroi coulissante en papier de riz translucide tendu sur un cadre de bois.

intuitif de la nature, d'un sentiment diffus de reconnaissance pour ce qui se tenait là, croissait, vivait.

Sur la minuscule terrasse, toutes les têtes étaient levées vers la lune. Sans dire un mot, le père, la mère, le fils, la fille et les fleurs pâles, en forme de grelots, de l'*asebi*[1], qui caressaient le bois de l'étroit balcon. Et tous — excepté peut-être les fleurs — conscients d'être habités du mystère, simple et pourtant insondable, d'exister. Chacun dans sa portion de l'espace, du temps, du vide et de l'intensité.

Insensiblement la végétation, les maisons à l'entour, les roches grises, fondues jusque-là dans les ténèbres, sortaient de la masse d'ombres et semblaient se rapprocher, familières, paisibles, tels de lourds animaux, ici couchés, là debout, rassemblés pour la nuit.

Quand l'amorce d'une pensée étrangère à ce moment (fantôme d'un souci, parfum d'un souvenir) se profilait au seuil de la conscience, par réflexe chacun la repoussait. Garder l'esprit vacant s'imposait pour prémunir cet instant suspendu, en harmonie avec le tout.

Oubliés les péripéties, les incidents, les contrariétés diurnes. On savourait la paix d'après le jour, d'après le travail, dans la proximité des siens, du repos. Avec la certitude de l'aube à venir.

Le vent apportait par bouffées l'odeur du sel et le parfum d'épices lointains du Pacifique qui triomphaient,

1. Arbuste à feuillage persistant, aux fleurs blanches odorantes et en longues panicules.

selon la direction des rafales, du relent entêtant des installations de l'atelier de poisson séché.

Le bruit horloger des vagues contre le brise-lames en cours de construction, accru de son écho répercuté par la montagne, rivalisait avec l'acharnement forcené des grillons à polir les barreaux de la nuit.

Ici et là l'arrondi d'un appentis, le reflet d'une vitre, d'une tuile vernissée, la surface humide d'un toit accrochaient la lueur d'un lampadaire distant ou la pâleur de la lune.

Agités par un regain de brise, le bout des rameaux du cerisier, les fleurs du camélia chuchotaient soudain contre les volets. La pierre de l'évier, installée dans la ruelle faute d'espace à l'intérieur, silhouette massive et blafarde, dragon paisible, montait la garde sous le minuscule auvent de l'entrée.

Tout était à sa place, témoignait d'un ordre des choses bienvenu, immuable, satisfaisant.

Dans une île tous les chemins mènent à la mer. Sa présence, à Tōshijima, se constatait partout. Son ressac résonnait au creux des bois, loin des rivages. Le raclement des vagues sur les galets, le frottement des sables au fond des baies gravissaient les pentes, dévalaient les vallons et s'entendaient des sommets aux rizières en contrebas.

Depuis qu'elle allait à l'école, Yumi avait appris que les îles du Japon n'étaient pas nées des gouttes d'eau tombées de la lance endiamantée qui avait fendu l'océan depuis un pont céleste, comme le suggéraient les histoires que lisaient les grand-mères à leurs petits-enfants. Familier des tremblements de terre depuis l'enfance, tout habitant de l'archipel imaginait sans peine que les terres émergées résultaient de la poussée du magma en un temps d'avant l'homme.

À une demi-heure de bateau de Toba, ville portuaire au sud-est du Honshū, côté Pacifique, Tōshijima était un rocher surgi de la mer.

Ses flancs reverdis, couverts de forêts, s'avançaient dans l'océan le long de caps et de presqu'îles qui s'étendaient de tous côtés. Ici une falaise plongeait à pic dans l'océan, là des éboulements enserraient une anse exiguë. Peu de sentiers pour se rendre sur ces rivages, pour nombre de criques l'accès se limitait à une arrivée par la mer.

Une route étroite traversait l'île de part en part, elle quittait Momotori, le village sur la côte ouest, suivait la côte nord un moment, puis se dirigeait vers le sud, montait et descendait entre deux crêtes, zigzaguait pour relier, cinq kilomètres plus loin, Wagu, le village au sud-est. Là, elle longeait le port où les barques amarrées, nez au quai, agitées sous les vagues qui ont contourné la jetée, avaient des airs de chevaux à l'attache, impatients du retour de leurs cavaliers.

La route ressortait de Wagu par le nord, empruntait une forte montée, puis prenait la pente jusqu'à l'entrée de Toshi-chō, le troisième village, qu'elle abordait par le bassin le plus modeste de son port. Elle le dépassait pour gravir un dos-d'âne, revenait au niveau de la mer et accompagnait la configuration d'un deuxième bassin, plus vaste, jusqu'à la pointe rocheuse qui le conclut.

Le cœur du village se tenait là dans les maisons basses encloses entre l'eau et la montagne.

Au-delà, la route laissait place à un sentier qui suivait un temps la côte, contournait la pointe et finissait sa course contre le haut mur du promontoire qui fermait, définitif, la baie. La falaise battue par les flots interdisait d'aller plus loin.

À cinq cents mètres au large, l'îlot d'Onakayama dressait

sa bosse couronnée de pins rouges. Dans la passe s'engouffraient de forts courants de marée.

La population de l'île s'était accommodée de l'espace qui lui était mesuré pour bâtir ses habitations, les unes contre les autres, que distribuaient des passages si étroits qu'ils méritaient à peine le nom de venelles. Une brouette, un petit chariot y circulaient de justesse.

Dans chacun des trois villages le pouls de la vie locale battait autour des longues barques remontées sur la rive et des bateaux étroits accostés aux quais, instruments de travail avec lesquels chaque famille s'efforçait d'exploiter l'unique richesse du lieu, la générosité de ses eaux.

Pour qui venait du large, Tōshijima se tenait en avant-garde de la baie d'Ise. De celle-ci le liséré gris de la côte bordait l'horizon, suivi au plein nord d'un trait jaune qui marquait, plus proche, la péninsule de Chita.

À l'opposé, en direction de l'est s'ouvrait le large où la silhouette de Kamishima émergeait, majestueuse, dans une brume arachnéenne. Sa topographie se résumait au mont qui l'avait hissée au-dessus des flots. Ses habitants avaient dû creuser d'innombrables marches dans la roche pour étager, le long de ruelles pentues et sinueuses, leurs logis. Tous rassemblés sur le versant ouest, le moins vertigineux.

Les pêcheurs de Tōshijima sillonnaient les eaux proches de leurs côtes et se tenaient à mi-distance de Kamishima. Debout à la barre, penchés sur leurs lignes ou leurs filets, songeaient-ils quelquefois aux batailles sanglantes qui avaient longtemps opposé leurs ancêtres à leurs voisins, pour se disputer les lieux de pêche ?

Yumi était grande pour son âge. Dans la cour de récréation elle dépassait d'une tête ses camarades. Et déjà elle possédait un ascendant naturel. La réalité sautait aux yeux : c'était toujours elle qui décidait des jeux, des promenades, des temps morts où l'on ne faisait rien, de l'heure de se retrouver, de se quitter.

Chaque fois qu'elle n'avait pas école, Yumi accompagnait sa mère à la pêche. Et même les jours de classe, à peine la clochette annonçant la sortie avait-elle fini de résonner qu'elle s'était envolée pour rejoindre l'*amagoya*, la hutte des *ama*[1], sur la côte. Elle y était accueillie joyeusement par les plus âgées qui se reposaient près du feu. Sa maman était en mer, à plonger au large.

En 1930, son anniversaire ne fut pas célébré au jour de sa naissance, en janvier, mais le 15 novembre, pour la fête des

1. Littéralement « femmes de la mer », nom donné aux femmes qui plongent en apnée pour récolter principalement des mollusques et des algues ; l'activité des *ama* est une tradition millénaire.

enfants[1], avec toutes les filles qui avaient trois ou sept ans, et les garçons cinq. Quand le 15 n'était pas férié ou ne tombait pas un dimanche, les parents choisissaient le week-end d'avant ou d'après pour conduire la famille au sanctuaire.

Ce jour-là les enfants revêtaient des habits de cérémonie. Forte de sa condition d'*ama*, en cette époque où la pêche aux ormeaux était une source de revenus conséquents, Tsukiko fit l'acquisition, pour sa fille, d'un kimono de soie, blanc aux motifs de petites fleurs roses et vermillon. Yumi le porta le matin, serré d'une corde. Au soir elle aura la fierté d'échanger cette corde contre la traditionnelle *obi*[2] de la jeune fille.

Une vraie princesse… murmura Tsukiko, songeuse et comme stupéfaite, en contemplant son œuvre, qui se tenait souriante devant elle, et resplendissante depuis les cheveux ornés de grappes de fleurs en tissu, d'épingles et de peignes aux couleurs éclatantes artistement disposés par la maman, jusqu'aux chevilles recouvertes des *tabi*, ces chaussettes blanches où le gros orteil séparé permettait de caler la bride unique des *zori*, les jours de gala, et des socques du quotidien, les *geta*.

Tsukiko avait préparé le petit cadeau traditionnel, soigneusement enveloppé. Dans la cour du sanctuaire, Izuho se rendit à la boutique et revint avec une poche

1. Shichi-go-san, la « fête des enfants », célèbre les enfants de trois (*san*), cinq (*go*) et sept ans (*shichi*). Ce rite de passage est né en des temps anciens où la mortalité infantile était élevée.

2. Large et riche ceinture du kimono féminin, longue pièce de soie qu'on ferme d'un nœud savant dans le dos.

de *chitose-ame* — des « bonbons de mille ans » — censés apporter la santé à l'enfant pour au moins aussi longtemps.

Yumi ne s'arrêta pas au décor de la poche figurant des grues et des tortues, symboles de croissance et de longévité, avant de se jeter sur le contenu : trois longs sucres d'orge striés de blanc et de rouge, enserrés en un fin papier de riz qui se mangeait aussi. Elle trouvait amusante cette idée de croquer l'emballage.

Depuis sa prime enfance, Yumi avait fréquenté les rivages les plus proches, au sud et à l'est de l'île, pour se baigner avec les filles de son quartier, les mêmes qu'elle retrouvait à l'école. On nageait pour le plaisir de se frotter aux vagues. On cherchait à faire comme maman, en se mettant la tête sous l'eau, pour tenir le plus longtemps possible, jusqu'à étouffer. On plongeait entre les algues dans un mètre d'eau claire, on s'exerçait à ramener des cailloux, des coquillages.

En remontant à la surface, chaque fois on sifflait de toutes ses forces pour expirer une dernière bouffée d'air restée dans les poumons.

Yumi était reine à ces jeux, on se fiait à elle pour déterminer le nombre de fois où l'on plongeait, le moment où l'on était fatiguées, le temps venu de se reposer. Allongées sur le rivage on se séchait au soleil, souvent nues, parfois en culotte de coton. On brûlait quelques brindilles récoltées sous les branchages qui bordaient les criques. Pour se réchauffer et surtout pour faire comme les grandes.

À force d'observer une mère, une tante, une sœur aînée,

une voisine qui exerçait le métier d'*ama*, les fillettes apprenaient par cœur la pratique, on pourrait dire le protocole du métier. Yumi remarqua ainsi que le premier préparatif de sa mère consistait à sortir son masque de la boîte en bois qui le protégeait, puis elle crachait sur le verre pour le nettoyer du bout des doigts, ensuite elle se levait pour ajuster sur ses hanches la ceinture de plomb, et y glisser le couteau, au manche court, qui servait entre autres à détacher les ormeaux. Un jour elle en fit la démonstration à la petite sur un rocher à fleur d'eau. Engagée adroitement sous la coque, la lame contrariait l'effet ventouse du mollusque qui, au moindre toucher, se crispait contre la roche. Il devenait alors pratiquement indécrochable.

Enfin Tsukiko s'emparait de son baquet, qui faisait office de flotteur pour soutenir les filets où elle engrangeait ses captures, elle nouait à sa taille la corde qui l'y reliait, avant ainsi harnachée de traverser la grève. Dans sa main, un crochet de métal, le *kaginomi*, qui était l'instrument symbolique de sa profession.

Le groupe des *ama*, fort d'une quinzaine de femmes de tous âges, s'élança vers la mer.

Au début Yumi avait du mal à marcher sur les sables grossiers, les bris de coquillages et les pierres aux arêtes coupantes, là même où elle voyait sa mère avancer, souriante, insensible au rude contact du sol. Elle ne se plaignait pas, le jour viendrait où la plante de ses pieds s'habituerait à la rudesse du terrain.

Dans l'eau jusqu'à mi-cuisse, leur baquet flottant derrière elles, Tsukiko et ses compagnes saluèrent l'océan d'une inclinaison du buste, et joignirent les mains deux secondes. C'était pour demander au *kami* — la divinité — qui habitait les lieux de les excuser pour le dérangement. Ainsi apaisé, le *kami* ne contrarierait pas la pêche du jour.

Puis elles se jetèrent dans les vagues, nageant pour passer les rouleaux et atteindre le large.

À deux cents mètres du rivage, la troupe dispersée commença de plonger.

Tête en avant, comme des cormorans. Un court instant

les jambes s'agitaient hors de l'eau, puis les pieds offraient brièvement leur dessous clair, deux mouettes blanches qui s'ébrouent, avant de s'enfoncer et disparaître.

Contempler de loin les allées et venues de leurs mamans au travail fascinait les fillettes. Yumi suivait des yeux les plongeuses qui refaisaient surface, une main brandissant, vertical, leur outil. Cette lame de fer terminée en crochet servait à attraper oursins et gastéropodes. Et se révélait précieuse, sous la mer, pour se stabiliser en s'appuyant d'un côté, de l'autre, quand on se trouvait, bousculée par le courant, à serpenter dans un passage étroit. Cela évitait d'être drossée contre les rocs. Car à tout instant la plongeuse risquait de s'écorcher qui une cuisse, qui une épaule, le dos, une hanche, un talon. On n'imagine pas, confiait Tsukiko à sa fille, les blessures qui menacent si l'on ne se tient pas en permanence sur ses gardes.

Et les *ama* s'en sortaient rarement avec de simples égratignures, plus d'une remontait avec des peaux arrachées, de longues estafilades, des entailles dont le sang coulait.

Assises au ras de l'eau, Yumi et ses camarades se réjouissaient de chaque nouvelle émersion entre deux vagues. Les têtes resurgissaient, couvertes d'un fichu blanc noué derrière, qui avait le mérite d'éviter à la chevelure, flottant autour du crâne, de s'emmêler au masque, et qui possédait en surplus — femmes et fillettes y croyaient dur comme fer — la fonction de protéger contre les squales. C'était un talisman.

Dans les têtes qui réapparaissaient les fillettes avaient souvent du mal à repérer leur propre mère. Les secondes passaient, moins d'une minute mais qui paraissait interminable, avant de voir le visage espéré jaillir des flots.

En refaisant surface, chacune poussait un sonore et bref glapissement pour vider le reste d'air, lourd de gaz carbonique, encore en ses poumons. Avant de les emplir à nouveau d'air frais. Une technique appelée *isobue*, spécifique au métier.

Un cri que Yumi comparait au sifflement des buses cendrées peuplant les arbres de l'île de l'automne jusqu'au printemps. Elle appréciait la majesté de leur vol qui changeait agréablement des corbeaux couvrant les digues et les quais de leur pesante pluie noire, et qu'on entendait croasser tout le jour.

Depuis qu'elle avait su marcher, elle avait voulu suivre Tsukiko. Elle la devançait, quand elle la voyait se préparer, devant le cagibi à l'extérieur de la maison où était stocké le petit matériel. Toute jeune elle acquit les gestes des adultes pour disposer sur le chariot le baquet, le masque, les outils, les filets, etc. toujours à la même place et dans le même ordre.

Cette assistance, au départ brouillonne, amusait la mère qui se contentait de sourire en silence, de ce sourire de bienveillance qu'on voit aux statues de Kannon.

Elle était fière de constater que sa fille déjà s'intéressait, cherchait à participer, se plaisait à l'ambiance de son travail. Depuis la naissance de Yumi, Tsukiko entretenait secrètement l'idée qu'elle puisse un jour lui succéder.

Si elle gardait pour elle cet espoir, rien ne lui échappait du comportement de la petite. Et chaque fois qu'elle constatait un geste d'intérêt de l'enfant pour son métier, elle hochait longuement la tête comme si elle voulait se convaincre d'une nouvelle réalité de ses espérances. C'était aussi prometteur que le bourgeon d'une fleur ; on sait qu'il va s'épanouir, il suffit d'attendre la saison.

À certains moments elle était malgré tout traversée de pensées contradictoires. Elle ne pouvait écarter l'idée que Yumi aurait une existence moins fatigante, plus satisfaisante sans doute, mariée avec un homme en col blanc, et devenue une jeune femme de la classe moyenne, mère de famille qui n'aurait pas à travailler.

Tsukiko aimait son métier avec passion, elle n'imaginait pas pour elle-même un meilleur sort que de continuer à plonger. Aussi dure que fût la pêche en apnée, notamment l'hiver dans les eaux froides, aussi lucide fût-elle des dangers encourus (et elle ne songeait pas seulement aux requins), elle pratiquait son activité dans une sorte de joie.

Lorsqu'elle envisageait l'existence qui attendait sa fille, le contentement qu'elle éprouvait à l'idée de la voir prendre la relève cheminait — sans s'y mêler tout à fait, telles à leur confluent les eaux charriées par deux fleuves — avec la vision, dont elle rêvait pour elle, d'une vie de femme comblée, heureuse, sans soucis quotidiens.

Les derniers jours de l'été 1931 furent une splendeur. La nature une fois de plus s'adressait aux humains, leur faisait signe de toutes ses formes et ses couleurs, invitait à se pencher sur la souplesse et le goût de l'herbe, la résistance de l'écorce, la majesté des bois, la constance de la pierre autant que celle des mousses. Le chant des oiseaux appelait à s'arrêter un instant pour accueillir l'évidence de ce qui les habitait, une joie de vivre dans la lumière.

L'ombre et la clarté emportaient la terre et la mer dans leur danse lente, faite d'avancées, de pauses, de retours, qui soulignait que nous ne sommes que des spectateurs de passage. Quand l'eau et l'air sont là ensemble depuis des milliards d'années. Une durée qui n'était rien encore face à l'infini du temps et de l'espace.

Et tout, dans le monde offert aux yeux des hommes, dans la mer les poissons, les mollusques, sur les continents et les îles les arbres, les buissons, les fleurs, les fruits, les maisons, le chant nocturne des criquets, la couleuvre qui fuyait entre les herbes, étincelante comme un sabre, et de l'aube au crépuscule, les cris des corbeaux, tout, sans oublier les gens croisés sur les chemins qui vous saluaient, les jeunes filles dont les rires frissonnaient avec le bruit d'une cascade cristalline, tout, et la vie et le temps, tout fluait tranquille et sans obstacle telle une pluie d'été sur les toits.

Et pour qui savait regarder, ce tout s'arrêtait un bref instant, duvet tremblant, pour deux secondes de partage. Avant de s'éloigner, abandonnant derrière soi un halo de poussière scintillante telle une comète mourante.

Les journées se suivaient comme des sœurs et Yumi, maintenant du haut de ses huit ans, observait l'existence. Le ciel avec ses nuages, la mer avec ses richesses, l'île avec les arbres, les herbes, les fleurs, les oiseaux, les insectes et même les pierres sur les chemins, partout où elle portait le regard elle lisait une invite à humer doucement chaque minute qui passe.

Elle aimait sentir sur sa peau le souffle du vent, il venait de l'océan, d'un lointain ailleurs et il murmurait à son oreille : Regarde, tu es au monde !

Quand elle commença d'imaginer la vie qui lui était promise, elle ne se figura rien d'autre que la continuation du présent. Le futur se profilait, droit devant, sur un tracé lisse et tiède, marqué sans doute de quelques cahots, mais qu'elle parcourrait à son rythme.

Toute petite, elle avait prétendu capter, sous la fausse fourrure, les palpitations du cœur de son tanuki, son doudou. Ce canidé à la silhouette de raton laveur habitait les forêts, à commencer par celles, proches, de la péninsule de Kii, et Noboru jurait en avoir aperçu pour de vrai dans la campagne du côté de Shima. Yumi ne l'avait rencontré que dans les contes dont l'avait berçée très tôt la voix de sa mère.

Le tanuki des fables avait tout pour plaire : filou, facétieux, friand de *sake*, il aimait jouer du tambour en se tapant sur le ventre. Les illustrations des livres le montraient nanti de testicules géants — qu'il portait parfois jetés négligemment par-dessus l'épaule à la manière d'un havresac. Cette particularité de son anatomie mettait en joie les écoliers. Même si tout le monde le voyait avant tout comme un symbole de prospérité.

Yumi chantonnait en chœur, loin des oreilles du maître, la comptine qui faisait la gaieté des récréations :

Tan Tan Tanuki
no kintama wa
Kaze mo nai no ni
Bura bura…

Qu'on peut traduire :

Les boules des *tan tan tanuki,*
Pas besoin de vent pour
Qu'elles se balancent
De-ci, de-là…

En cette fin d'été 1931, les *ama* pêchaient tous les jours, et tous les jours, aussitôt quittée l'école, Yumi se précipitait sur la côte. Elle se débarrassait en un tournemain de son uniforme scolaire et se jetait dans l'océan avec la sensation, le temps de traverser la râpe du sable grossier, de changer d'existence. C'était peut-être devenir une autre.

La tiédeur de l'air et le frais de l'eau, l'odeur des algues et le goût du sel, voilà un monde qui lui paraissait neuf, envoûtant, et déjà c'était le sien.

Les fillettes de l'école dont les mamans plongeaient en d'autres criques autour de l'île, plutôt que de rejoindre celles-ci, préféraient accompagner Yumi à Wagu afin de partager ses jeux sur le rivage et dans la mer.

Une fois repues de nage, de cris et de joyeuses cabrioles, les fillettes s'étendaient dans la lumière, lovées dans la chaleur qui était partout. L'air ardent de l'été vibrait tout autour d'elles, et elles regardaient, de loin en loin sur l'étendue de la plage, flotter au-dessus du sable des nappes d'eau étincelantes. Elles restaient là émerveillées, interdites.

Elles savaient que c'était un mirage.

Bientôt le soleil déclinait. Il finirait par se glisser derrière les ombres grises qu'on apercevait à l'ouest, sur les hauts de la ville de Toba qu'il embrasait de pourtours d'or et de feu.

En ces jours d'octobre radieux, personne ne se doutait à Tōshijima, pas plus qu'ailleurs au Japon, ni dans le reste du monde, que la Seconde Guerre mondiale venait de commencer en Asie.

On situe l'attaque de Pearl Harbor, en plein milieu de l'océan Pacifique, le 7 décembre 1941, comme le détonateur de la Seconde Guerre mondiale, versant asiatique.

En réalité, le cordon à mèche lente qui incendiera cette partie du monde avait été allumé dix ans plus tôt. Et en Chine. Depuis 1905, le Japon avait la concession de la presqu'île chinoise de Liaodong, comprenant Port-Arthur, et il avait établi une sorte de protectorat sur la ligne de chemin de fer reliant Port-Arthur à Harbin, plus au nord, en Mandchourie. Une région infestée de pillards mongols qui s'en donnaient à cœur joie en dévalisant les convois.

La mission des soldats japonais était de faire la police le long de la ligne dans un corridor de un kilomètre de large.

Dans la nuit du 18 septembre 1931, la voie ferrée mandchoue est sabotée sur quelques mètres à la sortie de la ville de Moukden. Pseudo-attentat organisé par les officiers nippons pour justifier la conquête de toute la Mandchourie. Cinq mille soldats impériaux, présents en

Corée, franchissent la frontière pour prêter main-forte à l'invasion.

L'ensemble de ces opérations se déroula dans le dos du gouvernement de Tōkyō qui, dépassé par les événements, choisit de s'incliner devant le fait accompli.

Le début d'octobre signait d'ordinaire les dernières plongées en eau profonde et la récolte des ultimes ormeaux de l'année. Par exception, la saison fut prolongée de plusieurs semaines en 1936 le long des côtes de la préfecture de Mie pour profiter de l'abondance des mollusques.

L'optimisme était de règle cet automne-là et, à la coopérative de pêche de Tōshijima, on savourait par avance le développement des affaires que favoriserait l'organisation des Jeux olympiques de 1940 prévus à Tōkyō.

On voulut oublier qu'en février des militaires séditieux avaient assassiné la moitié du gouvernement dans la capitale enneigée.

Yumi nageait et plongeait, heureuse de ses treize ans, et déjà attentive à l'eau qui glissait sur sa peau, la frôlait, l'enveloppait, la palpait partout avec cent doigts tour à tour tièdes et froids. En un court laps de temps elle venait de découvrir l'étreinte furtive de l'océan qui confusément promettait d'autres troublants émois en même temps qu'elle faisait, avec ses premières règles, son entrée dans le monde des femmes.

Elle s'étonnait chaque jour de nouvelles découvertes. Ainsi la mer offerte à tous et qui échappait toujours ; nul ne pouvait la saisir, il était seulement possible de l'écarter, et à grands gestes des bras de repousser cet espace électrisant sans barrière ni porte où il fallait pourtant se frayer un passage.

À l'air, elle reprenait le cours ordinaire de sa vie. Sous l'eau, le temps s'arrêtait.

Une fin de matinée, de retour au sec, elle se sentit, au soleil, neuve comme un papillon tout juste émergé de sa chrysalide et qui s'enivre à son premier vol d'approcher les grappes de la glycine, les profondes corolles du volubilis. Une exultation étrange la traversa.

Elle n'en parla à personne.

Devant elle, les heures déroulaient leurs minimes événements et chaque instant allait, disparaissait, porté par un courant invisible. Souvent il suffisait d'un insignifiant motif de réjouissance ou d'alarme et le bouillonnement de la vie devenait apparent, enflait, s'agitait jusqu'à la frénésie telles les carpes en surface de l'étang à l'arrivée de nourriture.

Yumi possédait déjà, en bourgeon, sans se le formuler, le sentiment de l'existence qu'elle conserverait toute sa vie : nous sommes les passagers d'un monde, et notre passage a la simplicité de l'écoulement d'un fleuve qui suit son cours. Le temps qui nous est donné est sobrement riche de journées qui s'accomplissent. Chaque matin on se lève pour aller vers le soir où se tenir digne de la venue du lendemain.

Les derniers mois, dans les modestes maisons de Tōshijima, bien qu'à distance des opérations militaires menées sur des rives étrangères pour établir la grande Asie éclairée du soleil rouge figuré sur le drapeau — ce qui était le rêve déclaré des généraux —, le quotidien s'était alourdi. Chaque semaine qui passait se révélait plus difficile pour les familles à mesure que les hommes encore présents étaient mobilisés.

Seul signe d'un optimisme revigorant, Sachiko, une *ama* de Toshi-chō mariée depuis un an, reprit la plongée quinze jours seulement après avoir accouché d'un garçon.

Dans l'*amagoya*, la cabane de bois et de bambous bâtie en haut du rivage à Wagu, hors de portée des plus fortes mers, Yumi déjà prenait son rôle au sérieux. Elle aidait à ranger les peignoirs rayés brun et noir quand les *ama* les ôtaient pour aller à l'eau ; à leur retour elle participait au tri de la pêche, nettoyait les escargots turbans des pierres et des algues qui y restaient accrochées, donnait un coup de main pour transporter les baquets.

Certaines *ama* plongeaient vêtues d'un short très court, d'autres dont Tsukiko perpétuaient la tradition d'un simple triangle d'étoffe, cache-sexe retenu à la taille par une fine cordelette qui passait entre les fesses tel que le *fundoshi* des garçons qu'ils se nouaient autour des reins pour les exercices sportifs à l'école, ou quand ils ne voulaient plus courir le sexe à l'air sur la plage avant de se jeter dans les vagues.

À son retour au travail, la tenue de Sachiko arracha des cris de joie à ses compagnes. Elle déployait au bas du ventre une bande de coton rouge vif, et c'était ce rouge qui faisait s'esclaffer. Un *fundoshi* de chat ! s'exclamèrent les plus âgées qui se rappelaient que, dans leur jeunesse, c'était le nom donné au pagne des garçons quand il était rouge. Personne n'a jamais su ce que venait faire un chat en l'affaire.

Tsukiko précisa que son mari disait *sarumata* au lieu de *fundoshi,* car c'était le nom qu'on employait quand il était petit. Kazue s'en souvenait, les garçons aimaient dire *sarumata,* sûrement parce que le mot évoquait l'idée de « quelque chose entre les jambes »... Nouveaux rires.

Dans le petit groupe, certaines jouaient à surprendre les collègues par une tenue qui ferait jaser. Les plus jeunes et parfois les plus âgées étaient les plus intrépides. Un matin Fumiko, déjà grand-mère, retira son peignoir et parut en *fundoshi*, mais quand elle se dirigea vers la mer on s'aperçut que celui-ci flottait au vent comme un fanion, il ne possédait pas d'attache par-derrière.

La nudité était chose courante, c'était la norme dans les bains publics des villes et villages ainsi que dans les sources chaudes. Mais le pagne de Fumiko la rendait plus nue que nue.

Dans leur quartier, en famille, les *ama* s'habillaient exactement comme les autres femmes.

Longtemps Yumi n'avait pas clairement perçu ce qui distinguait les *ama*, qu'on croisait en nombre dans les villages de l'île et sur la côte de Mie, des autres femmes de l'archipel. Leur teint était hâlé, mais guère davantage que les paysannes qui travaillaient dans les champs.

Elle n'ignorait pas qu'une peau claire était considérée comme un signe de distinction. Citadines, épouses au foyer, employées, bourgeoises s'équipaient de chapeaux à large bord, de manches serrées jusqu'au poignet, de gants de filoselle et, au moindre rayon de soleil, s'abritaient sous une ombrelle.

Les romans et les contes exaltaient l'attrait séducteur d'une nuque liliale et magnifiaient ce que cette lisière de nacre, s'échappant du col du kimono, suscitait d'émoi chez les hommes.

Chez les femmes de la mer la blancheur de la peau n'était pas un souci. Elle leur aurait été de toute façon impossible à préserver. Cependant, en dehors de la plongée, elles se couvraient elles aussi la tête d'une coiffe à longue visière. Par respect des usages.

Les fervents des nuques de neige auraient sans doute apprécié, quand les *ama* émergeaient hors de l'eau sur la grève, l'irruption de leurs culottes blanches, bleu pastel ou roses — imprimées de motifs en forme d'abeilles, de grains de riz, de fines rayures — qui semblaient flotter, nuages pâles à hauteur des reins, sur leurs rondeurs vigoureuses.

L'heure du déjeuner rassemblait toute la troupe, les *ama* arrivaient une à une encore ruisselantes sur le seuil de la hutte, où elles abandonnaient leur baquet, gros de leur récolte. Dans leurs filets, les plus expérimentées décomptaient déjà une douzaine d'ormeaux, parfois davantage, une trentaine d'escargots turbans, des huîtres, des oursins. Aussitôt franchi le seuil, elles convergeaient vers le feu que les plus âgées avaient ranimé et qui crépitait maintenant dans le foyer creusé au centre du local.

Rieuses, elles se pressaient autour des braises. Accroupies, à genoux, allongées sur un coude, elles offraient leur dos, leurs reins au délice de la chaleur.

Déjà quelques mollusques sifflaient, bouillonnant, sur la grille qui surplombait les flammes. Aucun ormeau, le butin était trop précieux.

Tsukiko préférait apporter un *bento*[1]. La veille au soir,

1. Repas préparé à la maison pour être consommé à l'école ou au travail et qui est contenu dans un coffret compartimenté ; par extension le terme *bento* désigne aussi le contenant.

dans la boîte cloisonnée, elle avait disposé avec soin des *onigiri*[1], du poisson, des légumes macérés et le poivron habituel.

Dans le *bento* préparé pour Yumi, lorsque sa venue était prévue, les mêmes ingrédients sauf un fruit en lieu du poivron. Quand la jeune fille débarquait à l'improviste les *ama* se bousculaient pour partager une part de leur repas avec elle. Tsukiko faisait mine de s'indigner, fâchée d'apparaître comme une mère négligente.

Quand Yumi ôtait le couvercle du *bento*, c'était déjà un régal pour les yeux que l'harmonie des formes et des couleurs et le rangement des aliments dans les cases inégales.

Elle savait que Tsukiko attachait la plus haute importance à ce que son *bento* se révèle ordonné, chaque aliment à sa place, dans une heureuse répartition des portions, et une sagesse des coloris. Il en allait de la réputation d'une épouse, d'une mère.

Certaines se contentaient d'un *onigiri* à chaque pause.

Itadakimasu ! En chœur on se souhaitait bon appétit.

Dans les premiers temps sans en percevoir la dimension réelle, Yumi avait enregistré que les moments passés dans la cabane constituaient aux yeux des *ama* une récompense de leur activité. Les relâches à l'abri de la hutte entre deux sessions de plongées étaient vécues d'abord comme le retour des efforts de la journée. Mais il y avait autre chose. Ces repos, destinés à se réchauffer, à délasser ses muscles endoloris, à se détendre, à s'enduire de crème pour soigner

1. Boulettes de riz.

sa peau attaquée par le sel et le soleil, offraient surtout l'occasion d'être ensemble. Entre femmes. Entre égales.

Ce moment de répit ne constituait pas uniquement une récupération, contrepartie à la fatigue. On trouvait là bien plus qu'une pause, davantage qu'une récréation. C'était un espace de vie.

Ici, entre semblables, pas de souci de langage, on ne se gênait pas, on riait fort, on se coupait la parole, on s'interpellait, on plaisantait, on échangeait des propos crus au sujet des hommes, des maris notamment ; on se plaignait de la bru qui ne savait pas tenir une maison, du fils qui se donnait du bon temps, de la fille qui avait fêté ses vingt ans et à qui il faudrait bientôt trouver un bon parti, honnête et travailleur.

Une fois le corps réchauffé et rassasié l'une piquait un petit somme, d'autres s'abandonnaient, les yeux mi-clos, au bercement d'une rêverie.

La torpeur qui envahissait les muscles relâchés tamisait les soucis et les préoccupations. Au loin, les tracas domestiques flottaient, délestés, comme portés sur une mer montante.

Entre celles qui restaient pleinement éveillées, les bavardages et les rires baissaient d'un ton.

Et en fin d'après-midi, après la dernière plongée, aucune ne se montrait pressée de regagner le foyer. Il fallait la maladie d'un enfant, la visite attendue d'un proche, les préparatifs d'une fête de famille pour que l'une ou l'autre se hâte de rentrer en avant du groupe.

Tsukiko appréciait de demeurer là encore un peu, dans la journée qui s'étirait où une lumière assagie tempérait d'une mousse invisible l'arête des objets et couvrait les choses d'une mélancolie vieux rose.

Au-dehors l'air vibrait au bruit de la râpe hallucinée des cigales décidées à atteindre le contre-ut de leur gamme avant le crépuscule.

Cette escale de bien-être appartenait en propre à chacune, c'était son territoire, un quant-à-soi qui maintenait à distance les contraintes domestiques.

Évidemment, l'heure venait où il fallait rentrer, retrouver la maison, l'époux, les enfants.

En attendant, Tsukiko savourait encore sa part de bon temps, elle régnait un instant de plus, entre chien et loup, sur un présent qui l'établissait vivante, autonome, libre. Elle regardait le foyer mourant où, sur les braises argentées, un courant d'air éveillait des pointes d'incandescence. Une brindille craquait dans une nuée d'étincelles et un dérisoire feu d'artifice naissait d'un sursaut de flammèches.

Ces ultimes minutes étaient le couronnement de sa condition. La satisfaction du métier trouvait là son apogée avant de s'éteindre, comme la fragile luciole s'illumine d'un afflux d'intensité juste avant le point du jour.

Parfois le vent avait forci et, dans les intermèdes des rires ou des confidences, la cabane s'emplissait du bruit des vagues. L'océan roulait sur les sables et les galets une houle jusque-là chuchotante, qui produisait maintenant un tumulte de feuillages secoués par le typhon.

On y prêtait à peine attention. Entre les rochers et les arbres proches, les corbeaux s'irritaient de leurs propres allées et venues, on entendait tout le jour leurs cris exaspérés.

Tsukiko préparait le repas du soir, Izuho lisait le journal. Yumi en déduisit qu'on était mardi car, par économie, son père n'achetait le journal qu'une fois par semaine. Il en allait de même chez la plupart des familles, chacune avait son jour.

Pas une parution désormais sans que la « une » ne célèbre la bravoure des soldats.

En juillet, l'armée japonaise avait conquis Pékin, puis, le 13 décembre, s'était emparée de Nankin. Au lendemain de cette nouvelle, plus de quatre cent mille Tōkyōïtes enfiévrés avaient défilé dans les rues de la capitale en criant « Vive l'Empereur ! ». Partout des processions de lanternes célébrèrent la victoire et, dans les villes où ils étaient installés, les grands magasins offrirent des promotions.

Dans la petite maison qu'elles avaient déjà nettoyée et rangée avec un soin supplémentaire depuis deux semaines, Tsukiko et Yumi firent, selon la règle pour *ōmisoka,* le dernier jour de l'année, le ménage à fond.

On mangea des *soba*[1] devant le *kadomatsu*, l'arrangement décoratif fait de pin, de bambou et de baies rouges que les hommes de la famille avaient confectionné.

On patienta jusqu'à minuit pour écouter s'égrener, cette fois avec un serrement de cœur dû aux incertitudes de l'heure, les cent huit coups de cloche du temple le plus proche.

Posséder un poste de radio était un luxe à Tōshijima, mais Tsukiko avait tenu à en doter sa famille et la petite maison accueillait à l'occasion les voisins quand l'actualité se faisait brûlante.

En février, la radio annonça que les Jeux olympiques de Tōkyō attendus pour 1940 étaient annulés. On ne voulut pas y croire. La déception était immense, depuis des mois on en tirait tant de fierté.

En octobre, radio et journal glorifièrent la nouvelle et éclatante victoire des troupes qui avaient pris Wuhan, une agglomération de trois villes sur le Yang-Tsé-Kiang, assiégée depuis le début de l'année.

Yumi avait pris l'habitude de lire le journal une fois que son père l'abandonnait. Sans manifester ouvertement de réprobation, Izuho était choqué de cet intérêt. Sa fille le rendait perplexe, depuis quand les femmes s'intéressaient-elles aux informations ?

Le journal relatait que, pour retarder l'avancée impériale, l'état-major chinois avait fait sauter les digues du fleuve Yang-Tsé. Des inondations phénoménales avaient causé la mort de neuf cent mille civils.

1. Nouilles de sarrasin.

Le mardi suivant, le journal publia des photos d'hommes et de femmes (ils étaient un million à Tōkyō) qui agitaient des petits drapeaux de papier blanc marqués au centre d'un disque noir. On savait qu'en réalité il était rouge. Tous acclamaient l'avancée inexorable des guerriers qui outre-mer édifiaient le Grand Japon.

En février 1938, le général Matsui, commandant en chef pour la Chine, fut démis de ses fonctions et personne ne comprit pourquoi. Rappelé à Tōkyō, Matsui fut accueilli par une foule enthousiaste.

Personne n'avait la moindre idée des à-côtés effroyables, des ombres lugubres et sanglantes qui se dressaient dans l'obscurité, dans les franges des « nouvelles » que se gardaient d'éclairer les bulletins écrits sous la dictée de l'état-major. La population de l'archipel ignorait tout des exécutions à la baïonnette, au sabre, à la mitrailleuse, des massacres à grande échelle, des viols, des mutilations, pillages et incendies, des exactions de toute nature qui avaient suivi, à des degrés divers, les triomphes proclamés sur l'ennemi.

Et personne ne doutait de la victoire totale, à venir, sur la Chine.

On se rassura de voir en décembre 1938 que les États-Unis conservaient une prudente distance. L'aviation nippone venait de bombarder deux canonnières et de couler trois pétroliers américains, et Washington n'exigea que des excuses. Le cabinet impérial, avec beaucoup de civilité, s'empressa de les lui accorder.

Cependant les combats, même lointains, préoccupaient

les esprits à Tōshijima. La plupart des hommes de l'île étaient maintenant soldats quelque part, exposés à quels dangers ? Les familles ignoraient tout de leur sort.

Bientôt les conditions d'existence au jour le jour se ressentirent sévèrement des conséquences de la guerre. Hormis sur quelques côtes, et encore, le poisson commença d'être rationné, on parvenait à se procurer essentiellement des sardines.

Yumi quitta l'école à la fin du collège, l'année de ses quinze ans. Dans l'île, aucun jeune, garçon ou fille, ne poursuivait des études au-delà. Tous se tournaient vers l'apprentissage d'un métier. En général lié à la pêche.

Les *ama* accueillirent l'apprentie avec joie, toujours partantes pour partager leur savoir accumulé au long de cinquante ou soixante ans de pratique. Fières de transmettre, de passer le relais.

Tout était apporté aux novices : les techniques, les lieux de pêche les plus fructueux, les tours de main, les précautions à prendre face aux risques, les réactions adaptées à chaque danger. On ne leur cachait rien, on leur offrait le savoir sans qu'elles aient à demander. Confiantes en leur expertise, les anciennes ne craignaient rien ; avant que les nouvelles les égalent il faudrait des années.

Beaucoup de filles succédaient à une mère, une grand-mère *ama*, et consacraient leurs efforts à devenir plongeuses.

Les garçons apprenaient saison après saison à ravauder

les filets, monter les lignes, les engins, les hameçons, et à manier la poulie où hisser la corde qui reliait les pots immergés pour la pêche au poulpe. Cette opération demandait adresse et dextérité pour attraper, sans casse, chaque pot avant le treuil, en faire sortir la bête au-dessus du pont, vider la vase ou les algues, et pendant que la barque continuait d'avancer à petite vitesse, laisser redescendre la procession des pots encordés au fond de la mer.

Tsukiko déclina l'idée de remplir la mission de maître d'apprentissage auprès de sa fille. Elle s'en expliqua auprès de Yumi, elle voulait pour elle l'exemple de la plus chevronnée.

Depuis des mois elle avait posé des jalons en ce sens auprès de Kazue, la doyenne des plongeuses de Toshi-chō. Un flair sans faille pour les ormeaux. De mémoire d'*ama*, jamais on ne l'avait vue rentrer bredouille. Sa réputation courait les ports de l'île, elle était capable de déchiffrer, en fonction de la saison, des marées, des vents et des courants, l'endroit du jour le plus propice à une bonne récolte. Sans jamais se tromper.

Elle serait la marraine idéale pour la débutante, lui enseignerait les bases et les subtilités de l'apnée, aussi bien que les finesses techniques de la pêche.

Yumi ne s'était jamais véritablement interrogée sur son futur. Fille de Tsukiko et d'Izuho, son destin naturel et le sort habituel ouvert à une native de l'île la poussaient vers une activité liée à la pêche. Et pour une jeune fille d'ici la pêche se résumait à la plongée. Avec une conséquence, cette orientation conduisait à travailler même une fois mariée, ce qui était déjà un choix de vie.

Elle assignait avant tout à son futur métier deux impératifs : lui permettre de vivre à Tōshijima ; lui assurer une indépendance financière mais aussi morale. Pas de subordination hiérarchique, pas de sujétion économique envers qui que ce soit. Ce ne sont pas les termes qu'elle employait, mais c'était la détermination qu'elle se fixait.

À une ou deux occasions elle s'épancha sur le sujet auprès de sa mère ; Tsukiko se demanda d'où venait à la dernière-née ces aspirations à l'autonomie. Sans voir qu'elle les pratiquait elle-même.

Yumi avait exclu un emploi dans l'étroit éventail des fonctions accessibles aux femmes sur l'île : dans une boutique, un restaurant, un atelier, à la coopérative, à la poste ou à la billetterie du vapeur. Restaient les travaux des champs — encore fallait-il posséder du terrain. Et les *ama*.

Dans les contrées qui constituaient le monde de la jeune fille, au long de la côte Est du Honshū, depuis Iroko, la presqu'île qui ferme au nord la baie d'Ise, jusqu'aux rivages de la baie d'Ago avec ses innombrables îles et îlots, et même plus au sud vers Kiinagashima, le sort des femmes était scellé de toute éternité.

Nombre de familles proches de la baie d'Ago se vouaient à l'élevage des huîtres perlières pour le compte de la compagnie Mikimoto, installée à Toba. La société exploitait le procédé industriel pour l'obtention de perles de culture sphériques, découvert par son fondateur, Kokichi Mikimoto, né dans une maison de la baie en 1858.

Un petit nombre de femmes étaient directement salariées par l'entreprise, notamment pour l'introduction du greffon dans les huîtres, geste qui demande délicatesse et dextérité, d'autres pour le tri des perles.

Dans la quasi-totalité du pays, une fois mariées, les femmes se consacraient à leur foyer. Si elles avaient travaillé auparavant, elles cessaient toute activité à l'extérieur pour se cantonner à la maison — mari, ménage, cuisine, éducation des enfants. Une formule résume ce que représentait le mariage pour la plupart des Japonaises : *eikyū shūshoku,* un emploi à vie.

Dans la venelle menant chez elle, Yumi croisa Mme Kodama. Mme Kodama était connue dans l'île pour avoir « arrangé » une bonne moitié des mariages célébrés depuis trois générations.

Un garçon, passé vingt ans, n'était pas tenu de fonder une famille, mais une fille subissait la pression des siens et sans tarder était invitée à s'établir, donc à se décrocher un mari. Se trouver encore célibataire à vingt-cinq ans devenait le signe d'une tare, d'un vice rédhibitoire.

Yumi chassa d'un mouvement agacé de la tête la perspective conjugale surgie comme un moucheron insistant.

Elle salua Mme Kodama. La veuve s'inclina, le visage éclairé d'un long sourire :

Haï, Yumi *san*[1] ! De plus en plus jolie ! C'est ce que je disais à l'instant à votre maman…

Elle agita la main et, soudain pressée, s'enfuit à petits pas sur ses *geta*. Les socques de bois claquaient sur les pavés.

1. *San :* suffixe honorifique, équivalant à « Monsieur » ou « Madame ».

Yumi se retourna : la vieille femme clopinait, ses hanches ballottantes soulevant en cadence le kimono brun. Elle vira brusquement à angle droit, sans ralentir.

Le jour n'était pas venu pour Yumi de songer au mariage. Elle n'était pas pressée de quitter le logis de ses parents pour le toit d'un mari et le regard d'une belle-mère. Ce serait comme débarquer sur un rivage inconnu après des mois et des lunes en mer. Une autre façon d'exister.

À seize ans c'est peu dire qu'elle ne l'envisageait pas de sitôt. Or voilà qu'un homme avait des vues sur elle et avait fait appel à l'entremetteuse.

Elle dépassa de quelques pas le seuil de sa maison pour observer un instant la montagne à l'arrière-plan. Le temps de savourer la lumière de cette mi-décembre. C'était un moment dans la saison où le froid commençait seulement à se faire sentir. Au sud du trente-quatrième parallèle, le *koyo*, l'instant des « feuilles rouges », ne s'éclairait vraiment sur les branches des érables et des ginkgos qu'aux dates où la température faiblissait pour de bon, souvent ici dans les jours qui précédaient la fin de l'année.

Les feuilles depuis peu s'incendiaient de flammes allant du rouge sang au bleu sombre. Mille nuances du jaune, du rouge couraient les collines et les versants, s'associaient aux différents tons du vert et du brun. Leurs fruits illuminaient les argousiers de grappes d'un orange incandescent.

Voilà déjà des semaines que, marchant sous les chênes, Yumi détectait aux petits craquements sous ses pas la présence des glands comestibles ; une voisine, veuve, en vendait à un étal de fortune près du débarcadère.

Elle revint vers la maison. C'était, dans la clarté finissante d'avant le crépuscule, la dernière heure du jour, son moment préféré. Le ciel jetait en vrac du côté de l'horizon le bouquet fauve des fins de l'automne où subsistait, accrochés aux franges des longs écheveaux juxtaposés des nuages, le pastel des ramures printanières.

Un parfum douceâtre mêlé d'effluves salins embaumait la ruelle, elle reconnut l'odeur de l'olivier de Chine, sur l'autre façade de l'habitation, qui annonçait sa présence à tout le quartier.

Le vent s'était levé. Le buisson de camélias qui montait la garde devant la porte la salua en inclinant ses rameaux supérieurs. Contre la terrasse, les feuilles jaune clair du *sakaki* s'agitaient, comme impatientes.

Il faisait frais, mais elle s'était changée à la cabane et avait enfilé un pantalon noir, serré aux chevilles, une blouse couleur d'hibiscus et sa veste molletonnée.

En ôtant ses *geta* dans le vestibule, Yumi s'interrogeait sur la venue de Mme Kodama. Sa condition d'*ama*, même en devenir, avait-elle attiré la convoitise d'un homme des environs ?

Les *ama* étaient une source de prospérité pour toute la région, le niveau de vie de bien des familles en était ici favorisé par rapport au reste de la population. Activité difficile, dangereuse, la plongée était, de notoriété publique, lucrative. Au sein des villages, quand on identifiait des maisons un peu plus spacieuses ou mieux équipées, l'on pouvait presque à coup sûr affirmer qu'elles abritaient un foyer où une *ama* (mère, grand-mère) apportait au ménage un revenu substantiel.

Si l'on s'était avisé d'interroger les familles voisines d'une *ama* sur ce qui, à leurs yeux, caractérisait sa situation, les hommes auraient relevé en premier l'importance de ses gains, les femmes un enjeu plus décisif : son activité lui octroyait un statut à part. Appartenir à la communauté des « femmes de la mer » offrait d'échapper à la condition ancestrale féminine, autorisait une autre manière d'être, ouvrait l'horizon.

Il ne venait pas à l'esprit de Yumi que son physique pouvait avoir joué aussi et pour beaucoup dans l'attention que lui portaient les hommes.

Kazue renseignait son apprentie sur toutes les facettes de leur profession, et elle lui en avait retracé l'histoire. Depuis des millénaires, la pêche en apnée est dévolue aux femmes. On ne sait pourquoi. L'origine de cette tradition s'est perdue dans la brume des temps. Pendant des siècles on a cherché (des hommes surtout, les femmes ayant compris très tôt la vacuité d'enfiler des perles) des raisons pour la justifier. Parmi les arguments avancés, l'allégation majeure s'appuyait sur la physiologie : la graisse étant mieux répartie sous la peau des femmes, elles supportaient facilement de longues immersions dans l'eau froide. D'autres expliquaient que les hommes fuyaient cette activité parce que l'humidité prolongée avait un effet nocif sur les gonades, et donc ils craignaient de devenir stériles, voire impuissants — ce qui, à leurs yeux, serait pire encore.

Tsukiko, à qui Yumi avait un jour rapporté cette hypothèse, en avait ri aux éclats.

Dis-toi bien que jamais, assura-t-elle, jamais les hommes ne se sont posé la moindre question à ce sujet. Ne te fais pas d'illusions, ils n'envient pas le travail des *ama*. Trop contents au contraire d'abandonner aux femmes une tâche fatigante et risquée.

Sugashima fermait la vue au sud du port de Wagu, et à l'ouest se confondait avec le trait de côte de Toba. La silhouette de l'île évoquait à Yumi une chauve-souris qui ouvre les ailes. Mais, trop lourde pour s'envoler, elle demeurait là, au ras de l'eau. Pesante et sombre.

Elle aimait faire une halte chaque fois qu'elle passait par là. Le temps de contempler le paysage. Elle se méfiait de l'habitude qui nous conduit à ne plus rien remarquer de ce que l'on côtoie jour après jour. C'était triste de songer qu'il fallait le hasard d'un événement, parfois minuscule, pour bousculer la routine et redécouvrir ce qu'on croyait connaître par cœur.

Une pensée bizarre lui vint : que serait une île sans la mer ? Elle rit toute seule de sa question. Mais à y regarder de plus près celle-ci n'était pas si bête. Prenez la même configuration, le même volume de roches et de terre, les mêmes végétaux, et plantez-les au milieu d'une plaine. Ce ne sera rien, une montagne de plus, et encore de hauteur modeste.

Mais sortant de l'eau, telle quelle, avec ses arbres et ses collines, sans rien d'autre que la présence, autour, de l'océan… c'est d'une beauté !

Certains jours elle s'imaginait ici sur un bateau qui filerait droit devant, naviguerait entre Sugashima et Kamishima, puis toujours au même cap, après des milliers de kilomètres, atteindrait une côte, aborderait un littoral. Où forcément vivaient des hommes, puisque notre planète ne compte plus de lieux vierges, inexplorés. Plus rien ne subsiste dans l'état originel, celui que les forces de la nature ont façonné durant des millions et des millions d'années.

Pour ce qui la concernait, les terres inconnues n'étaient pas si lointaines, elles débutaient au-delà d'une cinquantaine de kilomètres. À Tōshijima quelques familles avaient eu l'occasion de se rendre à Ōsaka, à Nagoya, plus rarement avaient poussé jusqu'à Tōkyō pour un mariage ou un enterrement.

La sédentarité ne lui pesait pas. Elle n'aspirait pas à de nouveaux rivages. Il lui restait ici même tant de lieux à explorer. Quand aurait-elle prospecté la totalité des criques, plongé au pied de toutes les falaises ?

Les fonds sous-marins étaient à peu près identiques à l'entour de l'île, mais chaque lieu, chaque jour, offrait un aspect changeant. La lumière à tout moment construisait des palais nouveaux sous la mer.

En un instant, de lourdes nuées couleur cendre montèrent à l'horizon du côté de l'est, ce qui l'incita à ne pas s'attarder et bientôt — selon son itinéraire habituel — elle poussa son chariot pour gravir l'unique route qui reliait

Wagu à Toshi-chō. À mi-pente elle s'arrêta pour reprendre haleine. L'air vif lui rafraîchit le front.

En contrebas, dans un minuscule jardin où d'anciens filets tendus sur des bambous protégeaient trois rangées de haricots contre la gourmandise des oiseaux, une vieille à genoux entre les plants, courbée sur la tâche, déterrait des tubercules.

Calant une roue du chariot contre ses socques, Yumi se retourna sur la perspective de chemin qu'elle venait de parcourir.

Là-bas, maintenant à l'abri de la jetée, le vapeur qui assurait les échanges avec Toba approchait du débarcadère. Sa fumée grise couchée par le vent s'effilochait en flocons vagabonds.

Juste avant le port, sur l'espace dégagé où s'ancrait la route vers Momotori, des centaines de poissons capturés le matin, débarqués à midi et aussitôt découpés en filets, boucanaient sur des plateaux de bambous tressés, soutenus au-dessus des herbes folles par des arceaux en fer à béton, couleur rouille.

Venus du large, les flots maintenant en tumulte et la mer blanchie de moutons lacéraient le reflet ténébreux de Sugashima, brisé en milliers de fragments, pièces d'un puzzle irrécupérable.

À l'ouest, au-dessus de Toba, le ciel safran, semé d'un essaim de nuages ronds, se traînait trop bas et s'ensanglantait aux angles des toits.

À pleines narines elle respira le parfum violent du Pacifique.

Mme Kodama écarta la chaise sans pieds glissée sous la table basse, préférant s'asseoir sur ses talons contre le tatami. Devant elle, elle disposa deux petites feuilles de papier.

Tsukiko avait sorti la théière et les bols en argile de Mashiko qu'on n'utilisait pas tous les jours. Yumi sourit de cette attention superflue.

Mme Kodama ne s'adressait qu'à Tsukiko, commençant chacune de ses phrases par Kitayama-*san* (« Madame Kitayama »). D'abord on parla du temps qu'il faisait, de la pêche, des événements, du sort des hommes mobilisés à l'armée, d'un peu de tout.

Une fois la théière reposée sur la table, Tsukiko se tourna tout entière vers la visiteuse. Qui comprit : il fallait aborder le motif de cette visite.

Je viens… murmura Mme Kodama. Enfin je venais… de la part d'un jeune homme. Et voilà qu'entretemps un autre s'est manifesté.

Dans un souffle, comme elle confierait un secret, elle ajouta : Je crois que les deux pourraient convenir…

Yumi avait deux prétendants. Le premier pilotait le vapeur qui reliait l'île à Toba. Le second était employé « dans les bureaux » à la coopérative de Toshi-chō. L'un et l'autre ni pêcheurs, ni ouvriers, presque des cols blancs. Tous deux honnêtes et travailleurs. Capables de construire solidement une famille.

Rauque, le craillement des corneilles éclata par la fenêtre ouverte et fit sursauter Mme Kodama qui, vite, appliqua les mains sur ses fiches comme pour les empêcher de s'envoler.

Hashizume Sokudo… susurra-t-elle. Elle fit une pause, comme si elle attendait une réaction qui ne venait pas, et elle continua du même ton en posant l'index sur la seconde feuille : Tanimoto Hajime…

Elle aspira de l'air entre ses dents, avec un léger bruit de salive. Elle hésitait.

Yumi se demanda si elle balançait sur le choix de celui dont elle devait avancer les pions en premier.

Tous les deux de bonne famille, insistait l'entremetteuse. Hashizume-*san* était né à Toba où ses parents tenaient un commerce ; Tanimoto-*san*, originaire de Wagu, avait son père dans la mécanique pour les moteurs, et occupait un poste de conséquence, vu son âge, à la coopérative. Avec des perspectives sérieuses de succéder dans l'avenir à un des responsables. Les deux gagnaient correctement leur riz cuit[1].

Elle plongea une main dans son sac et sans vérifier ce

1. Expression idiomatique correspondant à « gagner son pain ».

qu'elle en retirait elle déposa sur la table deux photos qu'elle fit pivoter pour que les portraits soient dans le bon sens au regard de Tsukiko. D'un doigt elle les fit glisser lentement sur la table en sa direction. Alors elle plaça une main à plat devant le premier cliché : Hashizume-*san*. Elle déplaça la main : Tanimoto-*san*.

À chaque nom, Tsukiko se penchait en avant pour examiner la photographie.

Ensuite Mme Kodama termina les gâteaux, but son thé. C'était une rencontre exploratoire. Elle connaissait son rôle, il convenait de laisser du temps à la réflexion.

Elle ramassa ses fiches, fit semblant d'oublier les photos. Elle s'inclina au-dessus de la table basse puis se redressa sur les genoux. Tsukiko se leva aussitôt, dit qu'elle la raccompagnait.

Restée seule, Yumi observa les portraits. Deux jeunes hommes comme elle en croisait ici tous les jours, solides, sérieux, banals.

Au retour de sa mère, Yumi demanda, l'air innocent, qui avait délégué Mme Kodama dans cette maison pour jouer la *nakodo*, la « marieuse ». Les prétendants ? Ou Tsukiko en personne qui avait décidé de caser sa fille ?

Ton père commençait d'y penser, figure-toi. Mais pour moi c'est trop tôt, dit sa mère. Mme Kodama s'est présentée ici de son propre chef.

Après tout, il faut voir, c'est peut-être une chance pour toi, Yu-*chan*...

Mais rien ne pressait. D'autant que pour le moment ni

l'un ni l'autre de ces messieurs n'était disponible, le premier étant réquisitionné pour travailler sur les machines dans un camp militaire, le second, appelé à l'armée depuis trois mois.

Ils se promettaient de profiter d'une permission, avait soufflé Mme Kodama, pour faire connaissance avec Yumi-*san*.

Yumi s'était fait des amies des deux autres apprenties. Elle se sentait comme une sœur avec Yuna qui avait son âge à deux mois près et habitait Toshi-chō à quatre maisons de chez elle. Sumiyo, de deux ans plus âgée, vivait en haut de Wagu, d'où partait le sentier menant au cap Tsukiage. Toutes trois échangeaient des considérations sur tout et rien, souvent bien entendu sur leur métier, et surtout, ensemble, elles riaient beaucoup.

Un détail frappa Yumi : les deux filles exprimaient de manière spontanée leurs sensations à nager sous l'eau, à vivre sous la mer, elles employaient des mots comme super, sympa, jouissif quand elles parlaient de leurs plongées. Yumi ne voyait pas leur travail d'abord sous l'aspect divertissant. Elle s'appliquait à l'exercer dans les règles et, absorbée par sa tâche, concentrée sur les techniques à mettre en œuvre, elle ne s'autorisait pas de recul.

Sumiyo confessait son plaisir à se mouvoir sous l'eau, elle insistait là-dessus, les joues en feu, et riant elle bourrait Yumi de coups d'épaule complices quand, en remontant de la mer, elle évoquait ses plongées comme une expérience intime. Yuna approuvait, renchérissait. Yumi faisait semblant de partager leur exaltation.

Elle pouvait passer la journée à perfectionner le geste de lâcher avec précision le galet percé, attaché à un ruban blanc, qui servait à signaler l'endroit au fond où l'on a repéré un ormeau, mais trop tard, trop à bout de souffle pour réussir à le détacher. Alors on remontait prendre une nouvelle aspiration avant de replonger.

Tsukiko s'avisa de l'application intransigeante de Yumi dans son entraînement et elle finit par se demander si sa fille ne montrait pas trop de sérieux dans son désir de bien faire.

Le soir venu, Yumi racontait volontiers à sa mère ses efforts, ses embarras du jour, ses craintes, et elle faisait le compte de ses prises, fière du bilan de sa journée, mais jamais elle ne prononçait une parole qui traduisait du ravissement. Tsukiko s'alarmait, une *ama* ne peut exercer, une vie durant, son dur métier qu'à la condition d'y trouver aussi de l'agrément.

Comme elle les savait devenues inséparables, elle interrogea discrètement Yuna et Sumiyo qui de concert jurèrent que Yumi adorait ça, plonger.

Elle sonda aussi Kazue puisqu'elle chaperonnait la petite. Kazue affirma, catégorique, que Tsukiko pouvait dormir tranquille, la petite avait le métier dans le sang. C'était, et de loin, la plus douée des apprenties. Pour le moment elle était attelée à apprendre, comprendre, pratiquer. Déjà elle avait gagné en expertise.

Kazue en avait vu défiler des jeunes, et des moins jeunes qui s'y mettaient à trente-cinq, quarante ans, une fois les enfants à l'école, elle ne s'y trompait pas : les gestes dénotent les pensées, les comportements trahissent les émotions. Yumi trouvait de la joie sous la mer.

Six mois plus tard, alors qu'elle redescendait comme chaque jour au cœur de Toshi-chō, Yumi aperçut un homme assis sur le muret du bureau de poste. Il scrutait la ruelle en sa direction, à l'évidence il guettait la venue de quelqu'un. À mesure qu'elle avançait elle nota qu'il était jeune, sans doute deux ou trois ans de plus qu'elle. Ses traits, son allure, sa façon de se tenir ne lui rappelaient personne. Il n'était ni de Toshi-chō ni de Wagu, mais elle était moins certaine de connaître tout le monde à Momotori.

Il ne la quittait pas des yeux. À son tour elle le dévisagea sans retenue, et, approchant, elle fixa sans ciller les deux lunes noires tournées vers elle, sous les paupières comme découpées au rasoir. Son front, ses joues, dorés par le soleil.

Il se dégageait de lui une grande tranquillité. Tempérée par le pli nerveux de sa bouche, d'un rose presque gris, et ce regard déterminé.

Il était vêtu comme les pêcheurs, un large pantalon et une blouse ouverte sur la poitrine.

Il se leva juste avant qu'elle n'arrive à son niveau. Il se dressait maintenant devant elle, lui barrait le passage.

Elle s'avisa qu'il cherchait à sourire, mais n'y parvenait pas. Ses lèvres tremblaient, tiraillées de frémissements fébriles.

Il s'inclina par deux fois.

Yumi-*san*, je voudrais vous parler !

Elle s'arrêta. Surprise qu'il connaisse son prénom. Et vaguement choquée qu'il l'interpelle de cette façon.

Son silence affola le garçon.

Ils se tenaient face à face, immobiles.

Eh bien, parle ! dit-elle.

Pas ici. On serait dérangés.

Il passa lui aussi au tutoiement : Tu pourrais venir derrière le vieux cimetière sur le sentier du mont Iwaya ?

Pourquoi ?

Comme je t'ai dit, pour parler.

Pour parler de quoi ?

De choses… importantes. Je te jure, vraiment très importantes.

Quand ?

Jeudi, à 3 heures.

Ces paroles prononcées, le visage du jeune homme s'éclaira, la perspective de s'expliquer le rendait par avance heureux.

Elle sourit : Jeudi…

Tu viendras ?

On verra…

Il s'inclina de nouveau deux fois. Elle eut sous les yeux

le champ de ses cheveux noirs, coupés courts, serrés sur son crâne comme de jeunes plants de riz, et le fin duvet de sa nuque. Puis, lui tournant le dos, en un éclair il disparut. Envolé.

Il n'avait pas dit son nom.

La silhouette du garçon la hantait, elle gardait en tête son allure, les paroles qu'il avait prononcées et surtout le son de sa voix, c'était comme un air de musique qui ne vous lâche plus. Depuis l'autre soir, son visage, son allure se projetaient devant elle sur une toile invisible quand elle s'y attendait le moins.

C'était la première fois qu'un garçon la troublait. Elle ressentait à cet égard un sentiment de curiosité, mêlé à une étrange tentation de s'abandonner à elle ne savait quoi.

Ce qui avait trait aux relations affectives lui était toujours apparu nébuleux et tout ce qu'on entendait (et plus encore sous-entendait) sous l'étiquette du mot amour était peut-être vaguement indélicat.

Bien sûr, comme tout le monde, cela l'intéressait, elle en était curieuse, mais un peu malgré soi comme on examine le physique de ses voisines du moment, au bain public, quand on se tient, les genoux repliés sous le menton, dans l'eau brûlante, à bavarder avec des silhouettes nues.

L'attente de revoir le garçon la rendait euphorique ; cette joie par instants se teintait d'inquiétude.

Elle s'interrogea : l'avait-elle déjà aperçu, croisé dans les ruelles, sur les quais, à Wagu, à Toshi-chō ?

Il y avait cette ombre masculine repérée les dernières semaines, postée à distance sur son chemin tandis qu'elle remontait du port. Et avant qu'elle arrive à sa hauteur, l'homme s'était évaporé. Aussi cette présence furtive qu'elle avait cru distinguer à une ou deux occasions derrière un rocher ou un buisson.

Cela restait exceptionnel qu'un homme (et c'était en général un passant, étranger à l'île) joue les voyeurs, alléché par la nudité des *ama* tandis qu'elles sortaient de l'eau dans les criques. Alors elles en riaient et, comme d'une bonne farce à lui faire, elles bombaient d'autant plus haut leur poitrine.

Un mois plus tôt, l'équipe des *ama* avait loué une barque — cela arrivait une à deux fois dans l'année — afin d'explorer les fonds entre les pointes d'Osaki et de Butosaki. Au bas de la falaise, un endroit inaccessible sauf par la mer, Yumi avait relevé la présence d'un homme tapi derrière la pointe. Elle avait fait trois pas en sa direction, et la silhouette avait jailli de derrière un rocher pour s'enfuir à toutes jambes, grimpant tel un cabri la paroi en s'accrochant aux troncs des jeunes pins. Un sportif.

Sans preuve elle conclut que ce devait être lui, ce garçon qui l'avait finalement abordée. Mais pourquoi ce comportement de guet et d'esquive ? Que voulait-il ? Et maintenant, pourquoi ce rendez-vous en un lieu écarté ? Pourquoi cette urgence ?

Elle y vit de l'extravagance, ce qui ne la décourageait pas, au contraire, de se rendre au rendez-vous. Elle en aurait le cœur net.

Il avait proposé jeudi par hasard ou était-il au courant que ce jeudi les *ama* ne travaillaient pas ? C'était un *gosai*, un « jour où l'on attend », un repos dans la saison de pêche. Il y en avait deux dans l'année, au printemps et à l'automne.

Pour le premier, en juin, les *ama* de l'île s'étaient rendues au sanctuaire Izawa-no-Miya, dédié à Amaterasu, la déesse du soleil. Elles étaient parties en flottille de pêche, jusqu'à la côte de Shima, vêtues de blanc, les trois plus jeunes dont Yumi transportaient des couples d'ormeaux destinés aux offrandes. On avait débarqué peu après le phare d'Anorisaki. De là le groupe avait poursuivi à pied, tantôt sur le haut des falaises, tantôt sur le sable des rivages, tandis que les bateaux, emportant les hommes, remontaient la baie de Matoya jusqu'à hauteur de la petite gare de Hasama, aujourd'hui Shima-Isobe. Les hommes étaient arrivés au sanctuaire frais et dispos, les femmes exténuées.

Le même jour, en contrebas du sanctuaire, était célébré le festival de plantation du riz ; hommes et femmes, vêtus comme à l'époque Heian, repiquaient du riz dans la plaine. La fête attirait la foule des grands jours.

Ce jeudi d'octobre, le « jour où l'on attend » se résumait à un temps de repos.

Kazue avait raison. Le phénomène se produisit par une belle matinée, au pied du cap Kuzukumi, et eut pour témoin un grand pin noir aventuré sur le dernier rocher battu par les flots.

Vêtue de son seul masque, Yumi s'était mise à l'eau à l'écart des autres et elle inspectait comme d'habitude les fonds marins dans le but d'y débusquer des mollusques. C'est alors qu'elle fut brusquement traversée d'une illumination. Ce fut comme un rideau de théâtre qui se lève d'un coup sur une scène fortement éclairée.

Elle découvrait la majesté de son domaine.

À dater de ce jour, chaque fois qu'elle remit la tête sous l'eau, elle se sentit accueillie, reconnue. Elle pouvait passer de l'air à l'eau, changer d'élément, elle était partout à l'aise. Légitime partout.

Bien sûr, aucune *ama* ne gaspillait les précieuses secondes d'une plongée à contempler la beauté de la nature dans le remous constant des algues et des créatures sous-marines. Et Yumi demeurait sans cesse à l'affût d'une capture possible. Pourtant elle ne perdait plus rien désormais des réverbérations de la lumière sur les roches sombres, de la chorégraphie des algues, goémons et laminaires agités dans les renfoncements aux clartés de caverne.

Le soleil diamantait les roches de pointes de feu et réveillait dans les sables les paillettes du mica, et elle voyait scintiller sur son passage toutes ces étincelles qui incendiaient le fond de l'océan.

La mer lui ouvrait son clair-obscur de temple aux sculptures changeantes et tour à tour, d'une seconde à l'autre, elle quittait ou retrouvait le demi-jour des eaux de surface et la pénombre de forêt des profondeurs.

Se glisser furtive entre les rocs, frôler les algues enveloppantes, scruter le sol ici opaque, plus loin miroitant, se laisser porter par les poussées du courant, leur résister, planer entre deux eaux tel l'oiseau de proie qui de très haut repère le campagnol, caché dans les herbes, chaque journée suscitait mille bonheurs.

Yumi s'enchantait de tout.

Depuis l'enfance elle avait entretenu une relation singulière avec l'océan, mais maintenant c'était autre chose. À se mouvoir dans le monde sous-marin, à pénétrer le silence et à flotter dans une sorte d'apesanteur, légère et ondulante, elle avait la sensation de marcher à foulées lentes dans le ciel.

Après les heures de travail passées sous la mer, le moment du retour était un sas nécessaire où prendre le temps de se rassembler. Un instant où le corps, livré de nouveau à la pesanteur, retrouvait son poids. Elle jugeait que ce moment survenait toujours trop tôt. Après avoir vécu dans la légèreté des étoiles elle se délectait de cet entre-deux avant de s'élancer dans la côte qui la ramenait à Toshi-chō.

Elle comprenait mieux pourquoi les *ama* qui avaient franchi depuis longtemps l'âge de la retraite ne décrochaient pas complètement ; elles venaient plonger encore, aux beaux jours. Trois escargots turbans, un oursin leur étaient un butin suffisant, et elles revenaient comblées. Elles plongeaient pour leur plaisir.

Le silence sous la mer, cette absence de bruit qui l'avait autrefois impressionnée, se révélait en réalité habité de résonances subtiles, nées du friselis des veines de l'eau, des mouvements de la plongeuse, du poisson plat qui surgissait brusquement hors du sable, déclenchant derrière lui une neige frétillante.

Chaque fois qu'elle se trouvait immobile une seconde, elle discernait en ses tympans la voix de l'océan. C'était un bourdonnement léger, une basse murmurante et continue ; la source en demeurait indistincte, tel l'écho affaibli des battements d'une force mystérieuse, blottie au centre de la terre, loin, très loin dans les abysses.

Ces sensations, pour être furtives, étaient tout à fait réelles, et, à ses yeux, aussi concrètes que le brunissement de sa peau à la fréquentation du soleil. Elle les devinait désormais gravées en elle, définitives ainsi que les noms encore lisibles sur les pierres rongées, envahies par les mousses, des tombes de l'Okuno-in, le cimetière enfoui dans la forêt aux murmures du mont Kōya où les cèdres géants fermaient le ciel. Souvenir d'un pèlerinage en famille un mois d'août pour fêter le jour de l'*O-bon*, la fête des morts. Elle avait alors dix ans.

Elle conservait en elle l'émotion intense née ce jour-là de cette promenade sous les cèdres entre ses parents : les lanternes de pierre, la longue marche ténébreuse entre les tombes, entre les mousses, entre les siècles. Elle avait connu la sensation de s'avancer sur un chemin qui remontait vers la nuit des temps.

Le souci d'honorer les morts lui a toujours paru naturel. La nécessité de remercier les ancêtres n'exigeait que le tendre effort de rappeler à soi le souvenir de leur cohorte chancelante.

Se tourner vers ceux qui nous ont précédés, c'était ressentir en plein soleil l'angoisse fugace de la fin du jour quand l'été déploie son grand paravent sombre par-derrière les forêts et que les ombres s'allongent en travers des sentiers, passant entre les lanternes grises, pour pénétrer au cœur des jardins.

Il lui revenait des phrases qu'elle avait un jour lues quelque part ou apprises par cœur dans l'enfance. Réminiscences d'écolière qui avaient traversé les années, intactes, embaumées dans les aromates de la mémoire affective.

Désormais, Yumi plongerait toute sa vie, l'esprit en joie, bousculée par les courants, mêlée au voluptueux ballant des lourdes lianes reliées aux rochers des fonds, balancée au rythme des anémones et des poissons noirs, gris, bleus, rayés de jaune, qui, bouche bée, la regardaient approcher, sans s'effaroucher, de leurs grands yeux ahuris.

En compagnie de ce qui vit sous la mer, elle s'adonnait chaque jour à reprendre les pas familiers comme elle aurait fait avec des partenaires retrouvés sur la piste de danse. Il lui suffisait de trois fois rien, d'un rai de lumière irisée entre deux eaux, pour avoir la sensation de valser dans l'arc-en-ciel.

En ce temps-là où les jeunes *ama* finissaient d'apprendre le métier, elles durent faire face à une découverte macabre.

Ce fut au début de l'hiver, alors qu'elles plongeaient au pied du cap Shimagasaki, à l'extrémité ouest de l'île. On entendit Sumiyo donner l'alerte : un corps flottait entre deux eaux en contrebas du phare. On ramena à terre la noyée. C'était une jeune femme de Momotori, que beaucoup connaissaient.

Ce jour-là on arrêta de plonger. Et dans toute l'île les femmes s'interrogèrent, cette jeune mère de famille avait-elle cherché à ramasser des algues et avait-elle été frappée d'un malaise ? S'était-elle suicidée ?

Sans le dire, la plupart des îliennes penchaient pour la seconde hypothèse. L'époux, marin-pêcheur, avait échappé à la conscription à cause de sa maladie (il était tuberculeux), mais avant tout il avait la réputation d'être une brute.

Au soir, dans la hutte des *ama*, Kazue, qui aimait voguer sur le ruisseau toujours bondissant de sa mémoire, rappela aux apprenties la légende qui voulait que les noyés se transforment en vents mauvais.

Tsukiko partageait en famille une autre interprétation

qui faisait apparaître les moines de la pluie en figuration de l'esprit des naufragés. Certains jours, ils sortent de la mer, se rassemblent sur un rocher de la côte et pleurent. On entend de loin leurs sanglots, mais on ne voit que la pluie qui tombe.

Le jeudi, l'île s'éveilla dans la brume, on n'y voyait pas à vingt mètres. Vers midi, le brouillard se fractura en larges grappes de vapeur froide qui s'accrochaient aux toits des habitations, au relief de la montagne, en filaments laineux. Dans cet amas de grisaille on ne distinguait à peu près rien.

Yumi gravit la venelle qui quittait Toshi-chō pour la route de Wagu. Au sommet de la côte un petit *torii*, portique de bois brut qui conservait la trace des intempéries, indiquait l'entrée du sanctuaire Cho'onji. Trois constructions basses et inégales, couvertes de tuiles grises, fermées par des portes coulissantes, formaient l'enceinte sacrée, derrière un bosquet de palmiers. Un second *torii*, plus haut que le premier, marquait du côté opposé la sortie du sanctuaire. Là, un sentier, à peine un sentier, une coulée ouverte dans les herbes par quelques promeneurs épisodiques, grimpait au flanc de la montagne. Yumi ne se souvenait pas l'avoir jamais emprunté.

Le brouillard avait détrempé le sol tout autant qu'une

véritable pluie et d'ailleurs peut-être avait-il plu une partie de la nuit.

Elle avançait à petits pas dans ses socques, comme si elle portait un kimono qui l'entravait. Elle avait peur de glisser et de tomber dans la boue.

Ses *tabi*, mouillées depuis ses premiers pas hors de la route, et maintenant tachées de boue, laissaient à peine deviner qu'elles avaient été blanches.

Il lui fallut une demi-heure pour atteindre le cimetière. En y arrivant, machinalement elle rentra les pouces dans ses paumes. Un réflexe — le geste était censé protéger ses parents de la mort[1].

Elle chérissait les coutumes ancestrales, et les superstitions l'attendrissaient ; elle s'y soumettait sans y croire.

Une brume laiteuse cachait totalement le sommet du mont Iwaya, et seule l'épaisseur et la densité de la blancheur distinguaient le brouillard enveloppant le sol du commencement du ciel. On n'y voyait pas à cinq mètres. Aussi elle poussa un cri d'effroi quand, sortie de nulle part, une silhouette surgit devant elle.

Il rit, aussitôt demanda pardon, et poursuivit : Je me demandais si tu allais venir. En plus, avec ce temps…

Tu vois, je suis là.

Il semblait familier des lieux, il dit qu'il y avait tout près des camphriers, trois troncs sortis de la même souche, qui feraient un abri. Peut-être pourraient-ils s'asseoir ?

1. Une superstition qui vient de ce qu'un même *kanji* (idéogramme) évoque à la fois « pouces » et « parents » et se prononce de façon identique.

Elle le suivit.

L'endroit était désert. Il pouvait être satisfait, aujourd'hui, ils ne risquaient pas d'être dérangés.

Sous les arbres, elle aperçut un petit tas de branchettes cassées et de brindilles soigneusement assemblées. Elle devina qu'il était arrivé en avance et avait préparé le feu qu'il s'efforçait maintenant d'allumer.

Pour te réchauffer, dit-il.

Le bois était humide, tout ce qu'il parvint à obtenir fut un peu de fumée.

Tu trouves qu'on y voit trop clair, alors tu rajoutes de la fumée…

Il rit, abandonnant son entreprise.

Elle attendait, c'était à lui de parler en premier. Lui qui avait fixé ce rendez-vous.

Il dit qu'il était désolé pour le brouillard et pour la montée un peu rude.

J'avais d'abord pensé te demander de venir au cap Tsukiage, près de la tombe… enfin, une des deux tombes de Kuki Yoshitaka. C'était plus facile. Mais on y rencontre pas mal de monde ces temps-ci.

Elle connaissait les deux tombes. Savait vaguement que ce seigneur de guerre avait vécu ici juste avant l'ère Edo. Elle gloussa : Tu sais, je ne suis pas super calée en Histoire…

Moi non plus, dit-il. Enfin, pas spécialement. Mais je raconte ça aux petits à l'école. Du reste, je ne leur dis pas tout, par exemple que Kuki, moitié pirate moitié guerrier, se payait sur la bête et exigeait de leurs ancêtres de l'argent et des femmes.

Elle s'étonna : Aux petits ? Pourquoi ? Tu es maître d'école ?

Il s'excusa, il aurait dû commencer par-là, par dire qu'il était instituteur.

Alors, fais le maître, explique-moi !

Il était plutôt satisfait de prolonger le prologue, soulagé de retarder l'instant où il devrait se jeter à l'eau, lui dire ce qui avait motivé ce rendez-vous.

Tu connais forcément la bataille de Sekigahara. Kuki Yoshitaka dirigeait la flotte du *daimyo*[1] Toyotomi qui se battait contre le *daimyo* Tokugawa.

Tokugawa gagne la bataille. Vaincu, Kuki se réfugie sur ses terres à Tōshijima. Et honteux de la défaite il se fait *seppuku*[2].

On l'a inhumé au cap Tsukiage. En deux endroits : le corps, dans une tombe face à l'océan, et à cinq cents mètres, la tête, dans une tombe tournée vers Toba.

Ils se tenaient sous les camphriers. Il s'était assis le premier sur une grosse pierre à peu près sèche, assez large pour deux. Et comme elle restait debout, hésitante, il lui saisit la main pour l'attirer à son côté.

Leurs hanches se touchaient. Le gilet de coton blanc contre la veste bleu sombre ; le pantalon noir de forte toile contre celui de serge fine. Yumi nerveusement agitait les genoux, et l'étoffe, accrochant le peu de jour, luisait par intermittences sur ses cuisses comme un éclat de lune entre deux nuages.

1. Le *daimyo* est un seigneur féodal, maître d'un grand territoire.

2. En français on dirait « se faire *hara-kiri* ». *Hara-kiri* signifie effectivement « coupure au ventre ». Les Japonais préfèrent utiliser *seppuku* qui a le même sens.

Tu m'as demandé de venir ici, pourquoi ?

Pour être tranquilles. Et puis, c'est le plus beau panorama de l'île.

Il fit un geste du bras pour englober l'horizon. Elle s'esclaffa. On ne voyait rien. Que la poussière de craie de la brume.

Le sol était gorgé de mouillure. La terre spongieuse se confondait par endroits avec les mousses, elle avait la même résistance flexible sous le pied que le vieux bois des branches mortes.

On aurait dit qu'une vapeur naissait de la terre, des arbres, des buissons. Qui se rajoutait à la sève grise que l'air déjà secrétait, et le tout, ce suintement impalpable, emprisonnait le monde dans une ouate humide et froide.

Il vit qu'elle frissonnait et il retira sa veste pour la poser sur ses épaules. Elle murmura merci.

Soudain elle se surprit à formuler seulement maintenant la question : Comment tu t'appelles ?

Il rougit, embarrassé, piteux de n'avoir pas devancé cette interrogation si naturelle. Il s'appelait Ryo. Masuda Ryo.

Ces derniers jours elle s'était demandé s'il était étudiant, et elle avait conclu qu'il devait déjà travailler. Elle se dit qu'instituteur, ça lui allait bien.

Elle ne savait trop ce qu'elle attendait de cette rencontre. Elle l'avait vu deux jours plus tôt décidé, allant, et aujourd'hui il était hésitant, tournait autour du pot. Il lui rappelait un collégien qui avait été tout le temps dans son ombre lors d'un voyage scolaire à Nara. Elle revit le visage du garçon sous sa casquette jaune, sérieux, préoccupé.

Les autres le bousculaient, et il demeurait là, à la regarder comme s'il bravait un interdit, par exemple de relever la tête pour fixer l'Empereur dans les yeux. Hypothèse purement théorique, puisque personne ici n'avait jamais vu, ni entendu l'Empereur.

Il ne l'avait pas quittée des yeux pendant les trois jours qu'avait duré l'excursion. Elle s'était sentie flattée, curieuse, amusée, puis à la fin agacée. Cent fois il avait eu l'occasion de lui parler. Il était resté muet.

Elle ne l'avait jamais revu.

Ryo se jeta à l'eau. Il s'intéressait à Yumi depuis des mois, il l'avait découverte peu après la fête des étoiles, en juillet. Elle était en pique-nique avec un groupe de femmes sur la côte, à Azurihama. Assise sur une grande nappe elle dévorait, l'air gourmand, un gâteau de riz.

Elle sourit, elle se souvenait du gâteau, un *ofuku mochi*. Elle se rappelait la balade, sa joie pour la première fois de sortir avec les *ama*, les fous rires.

Il osa : Tu m'as remarqué dans mon petit coin ?

Pas du tout !

Lui n'avait vu qu'elle. Il l'avait suivie à distance tout l'après-midi, ébloui. Rêvant déjà de l'approcher, mais l'idée de lui parler ce jour-là, non, c'était impossible. À cause des autres. Et de toute façon, il avait peur, tellement peur qu'elle se moque de lui.

Yumi hésitait, fallait-il le croire ? Venait-il d'inventer ce « souvenir » pour l'amadouer ?

Sur la côte de Shima il avait forcément aperçu des pique-niqueurs, des écoliers, des collégiennes, en train de manger des gâteaux de riz. L'*ofuku mochi* était une tradition locale. Un gâteau nappé de fines tranches de pâte de haricots, superposées et décalées, pour évoquer les vagues.

Il reconnut que, depuis juillet, il avait multiplié les allers-retours à Tōshijima, sous prétexte de rendre visite à un oncle qui habitait Momotori.

Il s'était souvent posté sur le chemin de Yumi. Il l'avait guettée et suivie sans qu'elle s'en rende compte.

Aujourd'hui il fallait absolument qu'il lui parle parce qu'il y avait urgence.

Je viens de recevoir ma lettre rouge…

Elle tressaillit. Un soldat la veille était venu chez les Kitayama apporter une lettre rouge, et en fait deux, une pour Noboru, mobilisé dans les dix jours, une pour son père, appelé à la fin du mois.

Ryo dit qu'il partait en fin de semaine pour rejoindre l'armée près d'Ōsaka. À titre provisoire. Ensuite il serait envoyé ailleurs, il ne savait où. Avec un peu de chance, il espérait ne pas se retrouver outre-mer, par exemple en Chine, aux Philippines ou en Corée. Il enviait un garçon de sa connaissance qui venait d'être affecté dans un champ de manœuvres autour de Hiroshima, proche du château, à l'est de la ville, qui abritait le quartier général de la deuxième armée.

Un éclair glacial la traversa ; la veille, elle avait entendu sa mère s'alarmer à l'idée que Noboru se retrouve justement là-bas, à Hiroshima. Parce qu'on disait que, tout près, sur l'île d'Okunoshima, une usine chimique fabriquait du gaz moutarde.

Le père s'était voulu rassurant : l'île était trop loin pour que le gaz atteigne la côte ; en cas d'explosion, Hiroshima ne serait pas touchée.

Voilà, Ryo allait partir. Pour combien de temps ? Il soupira. C'est à cause de ça qu'il tenait à se confier à Yumi. Lui faire part de ses intentions maintenant, c'était plus important que tout.

Il la fixa droit dans les yeux, subjugué par ses yeux ronds (des pastilles de réglisse ? des pierres du jeu de go ?), et détachant chaque syllabe il déclara : Parce que déjà, l'autre jour, et encore aujourd'hui, j'ai vu combien je serais heureux avec toi…

Elle était vive, joyeuse, elle avait de la repartie. Et elle était jolie, tellement jolie.

C'était la première fois qu'un homme, en sa présence, se prononçait sur son physique. Elle ne se trouvait ni laide ni belle, elle ne se jugeait pas au-dessus du lot des filles de son âge. Et le compliment avait chez elle une incidence bizarre, le sentiment que cette qualité qu'on lui reconnaissait dissimulait quelque part un vague danger.

Il parla de lui, il appartenait à une famille de pêcheurs, son père avait un bateau à Kusaki, sa mère composait tout l'équipage. Enfant, quand il n'avait pas école, il montait à bord pour aider. Après le lycée, il était parti à Nagoya préparer le métier d'instituteur. Désormais il souhaitait fonder une famille.

Une famille avec toi.

Mais tu ne me connais pas !

Suffisamment, il en était sûr. En tout cas assez pour

vouloir vivre avec elle. Assez pour être certain de ne pas se tromper.

Ses yeux d'encre. Elle observa ses pupilles, leur reflet humide, leur pesanteur de galets noirs. Par-dessous, dans la profondeur de l'iris, on devinait des mouvements invisibles, tels les courants sous-marins qui agitent les algues, font rouler le grain des sables, sans rider la surface. Sur ses lèvres, des perles de salive brillaient dans le demi-jour.

Il conclut par un aveu : il n'avait aucun droit de la supplier de l'attendre. Et il ne savait pas quand il reviendrait.

D'ailleurs, on finit toujours par se lasser d'attendre, disait-il d'un ton pénétré comme s'il avait vécu à maintes reprises l'expérience de l'abandon et de l'oubli.

Peut-être, quand même… est-ce que tu crois… est-ce que tu pourrais… patienter… le plus longtemps possible ?

Il souffla : Donne-moi une année…

Pendant des mois, par la suite, quand elle repenserait à ce moment — et certains jours elle y songerait désespérément — elle chercherait à comprendre ce qui l'avait poussée à murmurer oui. Oui, je t'attendrai. Et elle était contente d'avoir dit oui.

Fou de joie, il s'était lancé dans la pente, caracolant devant elle sur la minuscule sente, se prenant le pied dans les racines, glissant sur les mousses, cent fois déséquilibré, cent fois sur le point de tomber et de se casser une jambe (et après tout, pensa-t-elle, une blessure serait peut-être un bien, fournissant un motif d'exemption, pour ne pas être mobilisé tout de suite, pour rester ici encore un peu). Mais toujours il se rattrapait au dernier moment, on ne savait comment, et il retrouvait son aplomb.

Revenus à hauteur de la route, ils se séparèrent, elle remontait sur la gauche, lui descendait à droite vers l'embarcadère.

Au dernier moment, comme si l'idée lui en venait soudain, il lança : On pourrait se revoir une autre fois. J'ai encore trois jours. Alors, demain ? Après-demain ? Je t'en supplie…

Elle hésitait — ce n'était pas coquetterie de sa part, elle ne cherchait pas à mesurer son pouvoir, elle était loin de ce genre de calcul. Elle lut l'affolement sur le visage du garçon. Et l'amorce d'un espoir fou que son silence fissurait.

Elle souffla : D'accord. Après-demain.

Elle ajouta : Mais où ?

Il ne savait plus. Dépassé par son bonheur, par ce oui qui ouvrait sur tous les possibles. Il humait l'air humide, le brouillard qui auréolait de magie les alentours. Elle sourit, le vit soudain en jeune loup égaré à l'orée de la forêt. Alors sans hésiter elle lui glissa dans l'oreille un lieu où ils pourraient se retrouver.

Les métiers de la mer s'effectuaient sous le contrôle de la coopérative. La coopérative délivrait les licences de pêche, décidait des types de proies ouvertes à la capture et du nombre de jours dans l'année où celle-ci était autorisée, définissait les modalités d'exercice de la pêche et des plongées, réglementait les dimensions des bateaux et des filets, les outils des *ama* et leur équipement.

La saison de pêche variait en fonction de la proie recherchée et des caractéristiques du lieu. Chaque coopérative de pêche fixait son propre calendrier.

Depuis des générations les *ama* prenaient en compte la préservation des espèces auxquelles elles prélevaient leur dîme. Très tôt une taille minimale avait été imposée en particulier pour les ormeaux. Chaque plongeuse avait le souci de protéger les moissons futures, sachant qu'un ormeau demande quatre à cinq ans pour atteindre une taille idéale.

En hiver, les *ama* se limitaient à pêcher des huîtres et surtout, le long du littoral, des algues. Elles les atteignaient parfois les pieds dans l'eau ou immergées jusqu'à la poitrine et, pour les espèces rubanées, plus souvent en eau profonde.

Aux jours froids, on les voyait surgir de l'océan couvertes de longues tresses gluantes qui leur faisaient un manteau de lanières et de cordes. Un capuchon de lianes brunes dissimulait les crânes et ballottait sur les fronts, les joues. Seule la majesté du bras qui retenait en place tant bien que mal cette parure branlante et le poli de la cuisse débordant sous ce nœud de serpents trahissaient la présence de femmes sous le fardeau égouttant.

Quand les aiguilles des pins se parèrent du sucre des gelées blanches, on vit Yumi, Yuna et Sumiyo se prendre par la main et courant comme des folles se jeter dans l'océan. Ce n'était pas seulement par jeu : entrer dans l'eau tranquillement comme aux beaux jours, baignant tour à tour le haut des cuisses, le ventre, aurait accentué la morsure du froid.

Toutes les trois n'hésitaient pas à prolonger la journée de travail quand elles repéraient entre deux eaux, au large des rochers de la pointe d'Osaki où peu de leurs consœurs se hasardaient, des buissons de *hijiki*.

Une fois dans le chariot, les touffes de *hijiki* ressemblaient à de grosses nouilles noires étalées sur le vert sombre des feuilles de *wakame*, cette fougère de la mer très appréciée dans les soupes.

Yumi était connue pour posséder un don pour le *wakame*. Elle savait détecter autour de l'île les lieux, pourtant variables, où se plaisait cette algue qu'on ne cultivait pas à l'époque, il fallait la découvrir là où elle poussait naturellement. Or le *wakame* a une préférence pour les eaux toujours froides, donc se récoltait pour l'essentiel loin de Tōshijima, sur les côtes nord du Honshū, quand ce n'étaient pas les rivages du Hokkaidō.

Affairées à leur moisson d'algues, les *ama* s'éparpillaient au long des criques et souvent les unes et les autres se perdaient de vue. Une fin d'après-midi, Yumi, qui s'était attardée, s'en revint la dernière à la hutte. Même Sumiyo était repartie.

Elle ranima de quelques brindilles le feu mourant, et ôtant l'épais gilet des plongées d'hiver, puis sa chemise mouillée, elle réchauffa un long moment son dos nu contre les braises.

Elle enfila pour rentrer une longue veste sombre à pois blancs. En hiver la plupart des *ama* se vêtaient de même. À côté du peignoir à rayures, cette veste matelassée constituait une sorte d'uniforme du métier.

La température de la mer était nettement descendue la semaine précédente.

Yumi s'inquiétait du temps qu'il ferait le lendemain. Elle voulait mettre ses algues à sécher avant de les porter à la coopérative.

En passant devant le bureau de poste, elle remarqua sur la vitre une petite affiche. Un dessin y figurait une *ama*, vêtue d'une camisole blanche, brandissant un homard ; le homard de la baie d'Ise — *ise-ebi* — était célèbre dans tout le pays.

Voilà que la réclame s'en prenait aux *ama*. Les

municipalités de la côte orientale de la péninsule de Kii s'efforçaient d'inciter leurs compatriotes des autres régions de l'archipel à leur rendre visite. Pourtant les temps n'étaient ni à l'insouciance ni au tourisme.

Les responsables cherchaient à tirer profit de l'attrait que représentaient les *ama* et leurs traditions dans l'esprit de leurs concitoyens. La renommée en faisait des créatures bizarres, mi-femmes mi-sirènes, ronchonnait Tsukiko, alors qu'elles étaient travailleuses acharnées, épouses, mères de famille.

C'est à cette époque qu'on commença de voir certaines *ama* se couvrir, pour plonger, d'une longue chemise blanche. Yumi s'amusait de cette pudeur tardive, causée peut-être par l'éventualité de visiteurs, et plutôt étrangère à une population accoutumée dès l'enfance à la nudité des bains publics.

En matière de pudeur, le résultat n'était guère convaincant : au sortir de l'eau, le vêtement de coton, collant à la peau, moulait le corps de la plongeuse et soulignait ses formes dans le moindre détail.

Sans se donner le mot Yumi, Yuna, Sumiyo ne changèrent rien à leurs habitudes et se contentèrent des culottes pastel qu'elles aimaient porter.

Les habitants des villes et des campagnes de l'intérieur n'avaient jamais rencontré d'*ama* qu'au travers des récits et des dessins qui les mettaient en scène. À partir des années trente beaucoup avaient eu l'occasion de contempler la photogénie des plongeuses dans journaux et magazines.

Les photos en noir et blanc montraient des créatures jeunes et affranchies, sortant nues ou quasi nues de l'océan.

Pris dans les années vingt, ces clichés vite devenus emblématiques étaient l'œuvre d'Iwase Yoshiyuki, un jeune homme qui, après des études de droit à Tōkyō, était revenu à Iwawada, son village côtier natal, dans la préfecture de Chiba, pour y prendre le relais de son père à la tête de la distillerie familiale de *sake*.

Captivé par les traditions maritimes, il s'était voué à mettre en valeur l'existence des pêcheurs et s'était pris de passion pour celle des *ama*.

Il les avait photographiées sous toutes les coutures. Dans l'exercice de leur métier, et aussi très souvent dans des postures à mi-chemin de ce que son imagination lui suggérait et de ce qu'il pouvait convenablement leur demander. Sur ces extras, du genre « starlette à la plage » et « nu sur les rochers », ne figuraient que les plus jeunes. Sûrement par hasard.

La population du Japon (en tout cas sa part masculine) en avait retenu l'image de l'*ama,* sex-symbol avant l'heure, franchissant d'un pied léger la frontière séparant la plongeuse de la mère de famille, aussi aisément qu'elle traversait matin et soir, ardente et joviale, une grève pour passer de la terre à la mer.

Dans les cabanes de Tōshijima toutes les *ama* avaient vu ces photos, les jeunes en avaient ri, les plus âgées s'en indignaient, repoussant cette association aux mannequins de mode et aux débutantes en manque de rôles au cinéma.

Dans la réalité de leurs villages, sorties de l'eau,

les sirènes redevenaient chaque soir, et bien avant que minuit sonne, de solides femmes au foyer.

Sur le quai, Yumi fit un détour pour contourner trois rangées d'une cinquantaine d'ancres, serrées les unes contre les autres, qui barraient le chemin. Des ancres longues et maigres, dotées d'un bras unique. Elles dégageaient une odeur violente, familière aux habitués du port, celle du coaltar. Chaque ancre portait sur la verge une marque blanche, un *kanji*, qui l'identifiait.

La journée avait commencé dans la grisaille. En fin de matinée le soleil était sorti de ses linges et Yumi profita tout l'après-midi de l'intensité de la lumière pour descendre au plus profond entre les roches immergées, dans une petite baie à l'ouest de Wagu, si peu fréquentée qu'elle n'avait pas de nom. Pour s'y rendre aucun chemin, il fallait y venir par la mer.

Pourtant c'était là, cette courte plage entre deux hauts amoncellements de roches, l'endroit qu'elle avait choisi pour le rendez-vous avec Ryo. Elle savait que, faute de sentier, il leur faudrait crapahuter entre les pins rouges, marcher dans les buissons ras de deutzias (qui se couvraient en juin d'une myriade de petites fleurs dont les minuscules pétales oscillants évoquaient des milliers d'abeilles en train de butiner), traverser les touffes serrées d'azalées et d'anémones, enjamber les ruisselets sans écraser les iris — des plantes qu'elle chérissait pour le bleu vibrant de leurs fleurs.

Pour finir, ils atteindraient la grève par un étroit

raidillon quasi vertical à condition de bousculer les énormes houppes d'eulalies formant rempart au bord du vide. Leurs hautes tiges feraient pleuvoir sur eux la bénédiction plumeuse de leur pollen.

À Ryo, elle avait fixé rendez-vous en haut, sur la route. Avec pour repère une bâtisse abandonnée.

Il était venu en avance. Quand elle sortit du virage ce soir-là, elle l'aperçut de loin à faire les cent pas sur le bord de la chaussée, ombre noire agitée dans le crépuscule. Il sondait la pénombre et il n'eut aucun mal à identifier dans la silhouette qui à cette heure s'approchait sur la route la jeune fille qu'il attendait. Elle hâta le pas.

Il s'inclina, elle lui rendit son salut. Elle dit que puisqu'il aimait les lieux sauvages, infréquentés, il allait être servi. Personne ne venait jamais sur la plage en-dessous.

Alors, déterminée, elle lui prit la main. Et elle l'entraîna, courant presque, sautillant ici dans les buissons ras, là contournant des lauriers, enjambant des lianes blanches et mauves qui dans la semi-obscurité couraient en tous sens comme de longs reptiles. Il suivait de son mieux, maladroit, presque pataud, craignant de trébucher et de s'affaler sur elle.

Pendant les mois et les années qui allaient se succéder — Ryo au-delà des mers et peut-être à jamais disparu, et alors que l'hypothèse de son retour s'estompait un peu plus chaque jour —, elle s'appliqua à se remémorer minute par minute ce qu'elle avait vécu ce soir-là. Elle voulait conserver à jamais ce moment qui, elle en était persuadée, quelle que serait son existence, marquerait sa vie.

Elle, qui s'était toujours méfiée des confidences intimes, ne se lassait pas d'épancher auprès de Yuna ou de Sumiyo les instants les plus intenses, les plaisirs dévoilés sous le ciel d'une nuit d'automne.

Au début amusées, puis époustouflées et vaguement jalouses, ses amies contemplaient cette fille qu'elles croyaient bien connaître et qui maintenant, les joues ardentes, la voix ralentie par l'émotion, le souffle rauque, ajustait les mots pour dessiner une fois de plus le flamboiement des minutes, le trouble des gestes et des paroles, les élans et hésitations, l'affolement vécu.

Yuna, incrédule, regardait Yumi brûler d'un feu magique alimenté par sa propre combustion, et appliquée à dessiner le moindre détail du souvenir avec la science d'un maître de calligraphie qui trace, ici de la pointe, là du plein du pinceau, sur le papier blanc, et d'un même mouvement, l'amorce, le trait, et la terminaison de chaque signe.

Partager ces extases était pour Yumi une façon de garder vives ses émotions, de ressusciter un écho des fulgurances évanouies. De les énoncer devant témoin donnait chair aux paroles.

Le trouble, manifeste, de ses amies la renforçait dans cette idée : ses mots faisaient revivre la réalité de ce qu'elle décrivait.

Dans la solitude, le soir sur son futon, replonger par la pensée au sein de cette nuit-là ne dépassait pas la texture du songe. C'était un rêve voluptueux, mais qui gardait la trame du fantasme, non du vécu.

Il avait tout de suite étendu pour elle sa veste, en travers, sur le sable. Ils s'étaient allongés dessus côte à côte sur le dos, le regard perdu quelque part dans le ciel nuageux qui s'éclairait droit au-dessus d'eux d'une lueur gris-bleu, où l'on devinait, derrière, le clin d'œil de la lune.

La lumière tamisée égalisait leurs traits, dotait leurs visages d'un masque clair.

Ils demeuraient silencieux. Le temps de retrouver leur souffle, de dissiper la chaleur des efforts dépensés pour parvenir jusqu'ici depuis la route, encore étonnés de cette hâte mutuelle qui les avait saisis à gagner la plage comme si un bateau en partance les y attendait, menaçant d'appareiller sans eux.

Un léger vent animait l'air de la crique sans vraiment le rafraîchir par rapport à la température du jour. Dans l'instant, ils se satisfaisaient de goûter la caresse de la brise.

Les cigales depuis longtemps s'étaient tues, les grillons avaient pris le relais. Leur chant montait, tout de suite strident, faiblissait un quart de seconde avant de reprendre plein d'ardeur.

La nature démentait le calendrier, c'était encore l'été.

S'était-il demandé ce qu'elle avait en tête en venant au rendez-vous ?

Et Yumi, au long du chemin, durant la demi-heure de marche qu'il lui avait fallu depuis Wagu, qu'avait-elle envisagé, que s'était-elle projeté de ce qui pouvait survenir ?

Ou n'avait-elle rien prévu, confiante dans le hasard du moment, ouverte aux événements ?

Quand la main du garçon se posa sur la sienne, enserrant ses phalanges, comme par réflexe elle renversa le poignet et ses doigts lui rendirent sa pression.

Il dit, le visage toujours vers le ciel, comme s'il s'adressait à l'étoile scintillante qui venait de s'allumer là-haut entre deux nuages : Depuis l'autre jour je n'ai pas arrêté de penser à toi, de penser que là, maintenant, ce serait notre dernier soir…

Elle sourit sans bouger la tête, sans le regarder, elle non plus.

Les grillons s'enrageaient à limer la tiédeur nocturne. Elle les sentit complices de leur présence ici, fébriles à dresser autour d'elle et de Ryo, sur trois côtés, le quatrième restant ouvert sur la mer, un large paravent de bruit. Qui isolait leur duo, le protégeait.

Encore quelques secondes d'immobilité et elle devina, au souffle du garçon sur sa joue, qu'il était maintenant tourné vers elle, guettant une réaction qui ne venait pas.

À son tour elle pencha le visage de côté et, par ce simple mouvement — ils reposaient si proches —, elle se retrouva nez à nez, quasi bouche à bouche contre lui.

Il l'enlaça. Son bras sur son épaule, sa main dans son dos.

Leurs yeux étaient si voisins qu'ils voyaient flou. Elle recula légèrement la tête, contempla dans la pénombre les deux billes noires qui fixaient les siennes, élastiques et flottantes comme des algues à fleur d'eau.

Elle n'eut pas le temps de réfléchir que des lèvres chaudes se pressaient sur les siennes.

Ce qu'elle aura retenu de ce soir-là plus que tout et qui la déchirera lorsque Ryo sera parti à la guerre, c'est la douceur qui avait marqué ces heures. Elle prononçait les mots à voix basse, pour s'en redire l'importance à elle-même : la douceur de Ryo.

Dans ses gestes et ses paroles, dans sa conduite, en sa personne, une douceur prodigieuse.

Dans la hutte, lorsque l'une ou l'autre des *ama* évoquait une tendre folie de jeunesse, le souvenir débouchait presque toujours sur l'instant où elles se rappelaient l'avidité, la précipitation du partenaire. Toutes se rejoignaient dans ce constat. C'était à croire que les hommes cherchaient à battre un record de vitesse. Et pas seulement la première fois, ajoutaient certaines.

Pressés, rudes, centrés sur leur propre mécanique, voilà, dans les rires, ce qui se disait des mâles dans l'intimité de la cabane des *ama*.

Les plus jeunes écoutaient sans rien laisser paraître de leurs pensées et les plus expérimentées en ce domaine échangeaient des regards de connivence.

De bonne heure, Yumi s'était figuré clairement en quoi consistait l'union des sexes, et plus confusément certaines caresses. De ses lectures et des conversations avec les filles de son âge elle avait retiré une image brouillée de l'amour physique ; elle pressentait que l'essentiel — tout cela qu'on nommait les détails et qui étaient ce qui importe le plus — restait lacunaire ou lui échappait.

Elle éprouvait à la fois de la curiosité, du désir et de l'appréhension pour ce qu'elle aurait à découvrir.

Or, avec Ryo, tout s'était révélé simple, naturel, doux et beau. Les interrogations, les angoisses, les embarras s'étaient évanouis entre ses mains. Depuis la seconde où ils s'étaient retrouvés au bord de la route, tout était allé de soi, tout s'était déroulé avec aisance, tout s'était révélé attendu, plaisant et nécessaire.

La patience infinie de la marée sur le sable, elle ne trouvait pas mieux pour qualifier la lenteur savante, le va-et-vient de Ryo sur son ventre nu ; les incursions progressives, les vaguelettes et la longue houle, le ralenti, le cheminement différé, brièvement suspendu pour mieux reprendre ; l'invasion enfin, la longue et glissante avancée, l'envahissement à la seconde miraculeuse où elle le souhaitait.

Et qui pourtant l'avait surprise.

Il était là en elle, logé en elle, et elle avait poussé un cri de souris, involontaire celui-là à la différence de celui qu'elle produisait en refaisant surface au sortir d'une plongée.

Quand elle se remémorerait la scène, quand elle voudrait se la raconter, pour tenter de la revivre, elle repousserait les mots tels que posséder, pénétrer, prendre, ils ne correspondaient pas à ce qu'elle avait vécu.

Elle s'attachait à recomposer le puzzle savant, minute par minute, de la demi-heure qui avait suivi leur première union, alors qu'ils ne bougeaient plus, ne disaient plus rien, se contentaient de respirer et que les grillons, frénétiques, précipitant la cadence de leur *rin rin*[1] donnaient l'impression d'applaudir à tout rompre.

Elle en fut certaine sur-le-champ, c'était l'expérience d'une vie. Un garçon, une fille, dans la nuit chaude et moite, l'un contre l'autre, attentifs à leurs souffles mêlés, aux battements du sang en leurs veines, aux pulsations désordonnées qui s'apaisaient, retrouvaient lentement un rythme.

Elle se rappelait avoir à un moment susurré *suzumushi*[2] et il avait souri. Il a cru qu'elle parlait des grillons alors qu'elle le prenait à témoin de sa béatitude.

Bien plus tard, devant son miroir, en croisant son reflet dans une vitre, ou simplement quand elle était seule, elle aimait murmurer à voix basse *suzumushi... suzumushi*. Et chaque fois le mot redonnait le signal du départ aux premières notes d'une petite musique aussitôt reconnue. Les accords retrouvés d'un air qui résonnait, doux et cadencé, avant de s'évanouir. Comme si le musicien jouait sous sa fenêtre puis s'éloignait à regret.

En silence ils s'évertuaient à repérer dans le regard de l'autre, avec autant de gravité que si l'avenir de chacun en dépendait, l'empreinte de son plaisir finissant. Mais les

1. Onomatopée correspondant au français « cri-cri ».

2. Grillon très répandu au Japon, souvent baptisé grillon-clochette à cause de son chant. Le grillon est un « mot de saison » fréquemment employé dans le haïku.

lourds nuages qui occultaient maintenant la lune ne permettaient plus de distinguer dans l'autre visage pourtant proche qu'une pâle vapeur qui était le blanc des yeux.

Bientôt il se rapprocha encore, l'envahit de nouveau. Et ce fut de nouveau, partout en elle et sur ses peaux, la montée de vagues ardentes, l'invasion de frissons, et pour finir l'arrivée triomphale, l'immersion dans une gerbe d'eau torride brusquement jaillie des profondeurs.

Alors emportée par le courant, propulsée dans les fonds, et aussi vite repoussée en surface pour replonger aussitôt, dans un éclair de lucidité elle se demanda : est-ce donc ça, je jouis ? Et peu après, elle connut une décontraction étrange, comme lorsque la respiration lui revenait, apaisée, au sortir d'une crise de hoquets.

Elle flottait dans le ciel, actrice et spectatrice de ce qui lui arrivait.

Souvent par la suite, au milieu de son travail, encore à demi dans l'eau, ou remontant la grève vers la cabane des *ama*, ou penchée sur le butin de sa pêche qu'elle avait l'air d'examiner, elle se figeait quelques secondes. À la vitesse d'un typhon le souvenir de ces minutes la traversait et son cœur, son corps tressaillaient d'un effroi joyeux. C'était comme se tenir une seconde par jeu contre le vertige au bord d'un précipice. Tandis que carillonnaient dans sa tête les clochettes des grillons.

Puis elle reprenait le cours de sa journée, voguant sur un petit nuage de bonheur.

Un mois plus tard Yumi se présenta sur la petite place qui jouxtait le temple Tenno Jinja, bâti à l'arrière des habitations de Wagu. Elle sortait d'une semaine d'inquiétude, à guetter la venue de ses règles. Quatre jours de retard où elle avait soudain pris conscience que sa nuit de découverte et d'adieux avec Ryo pouvait avoir déposé en elle autre chose que le délice de sa douceur. Elle s'étonna, sans se reprocher sérieusement son inconséquence, de n'avoir pas envisagé cette éventualité.

Rassurée désormais, elle marchait avec détermination contre le vent qui tentait rafale après rafale de la retarder. Elle dépassa le petit temple, construit de bois commun, que de loin on aurait pris pour une hutte, et elle aperçut Mme Kodama, assise sur une pierre haute. Deux mètres devant, un homme se balançait d'un pied sur l'autre. L'homme était vêtu d'un costume sombre et portait cravate.

Voici Yumi, lança Mme Kodama toute joyeuse.

L'homme inclina le buste en direction de la jeune fille.

Haï, Yumi-*san !*

Il s'inclina une seconde fois : Tanimoto Hajime...

Yumi s'inclina à son tour.

Une demi-heure plus tôt, alors qu'elle se préparait à sortir, sa mère avait insisté pour qu'elle revêtît son kimono. Yumi avait refusé, elle n'avait pas l'intention de passer pour une autre ; si ça ne plaisait pas à ce bonhomme, qu'il aille voir ailleurs. Elle avait cependant enfilé son pantalon de serge noire soigneusement défroissé et une tunique jaune d'or qu'elle ne portait que dans les grandes occasions. Elle avait tressé ses cheveux en une longue natte sur l'épaule.

Il dit qu'il était très heureux de faire sa connaissance. Il avait beaucoup pensé à ce jour durant tous ces mois. Et jusqu'à la dernière minute il avait craint que sa permission ne fût supprimée. Elle saisit l'allusion ; en avril, les Américains avaient pour la première fois bombardé le pays. Le raid près de Tōkyō avait fait peu de dégâts, mais cette attaque avait frappé de stupeur la population. On croyait le territoire du Japon invulnérable, hors d'atteinte des avions ennemis.

Le moral en avait pris un coup.

Les bombardiers, faute d'assez de carburant pour regagner leurs porte-avions, avaient atterri en Chine, plusieurs avaient touché terre en des régions occupées par les troupes japonaises et les huit pilotes capturés permirent aux autorités de Tōkyō de présenter l'opération comme un fiasco de l'ennemi.

Hajime se déclara désolé, Yumi-*san* devait se faire

beaucoup de souci pour son père et son frère. Il espérait qu'elle les retrouverait bientôt.

Pour ce qui le concernait, il avait ces derniers mois tellement attendu la rencontre d'aujourd'hui que cela l'avait aidé à tenir bon. Imaginer, un jour, son retour définitif ici, quand la guerre serait terminée, le rendait optimiste.

Elle saisit qu'il avait préparé son discours, il avait eu le loisir d'y songer toutes ces heures qu'avait duré le trajet depuis le camp où il était affecté, et il le lui récitait maintenant en s'efforçant d'y mettre le ton. Cette attention était touchante.

Ils gravirent les marches qui conduisaient sur une terrasse de terre, puis sur la digue. En haut, le vent les cueillit sans prévenir, il agita la natte de la jeune fille, s'engouffra par l'échancrure de sa tunique, elle dut fermer son col à deux mains. Il retint les pans de sa veste en se croisant les bras sur la poitrine.

Un étroit sentier courait sur la levée, ils empruntèrent les degrés taillés dans le roc qui descendaient à la grève. Les *geta* de Yumi claquaient sur la pierre, les pas de l'homme étaient silencieux.

Le rivage à cet endroit était parsemé de rochers à la manière d'un jardin zen. Mais ici les ondulations du sable n'étaient pas dues au râteau d'un moine jardinier, seulement au caprice du vent et des vagues.

Je récolte quelquefois des algues par ici, dit-elle.

Oui. Vous êtes d'une longue famille d'*ama*. Vous avez pris la suite de votre mère et de votre grand-mère. Et ça remonte encore plus loin, sur plusieurs générations. Je trouve ça beau de continuer la tradition familiale…

Je compte bien plonger toute ma vie, même quand je serai vieille…

Il rit.

Vous ne me croyez pas ?

Si, si !

C'est qu'il avait du mal à imaginer la vieillesse sur ce visage qui semblait à peine sorti de l'enfance.

Elle eut envie de le mettre en garde : s'il épousait une *ama* il faudrait qu'il accepte que sa femme travaille à l'extérieur, ramène un revenu au foyer, certaines semaines sans doute plus important que son propre salaire. Mais elle garda le silence, il prendrait cette remarque pour une déclaration.

Il jeta un coup d'œil en arrière, elle fit de même. Mme Kodama, distancée, les suivait à une quarantaine de mètres. Le bas et les manches de son kimono agités par les rafales, elle semblait boitiller.

Ne vous inquiétez pas, elle ne nous quittera pas, dit Yumi avec un sourire malicieux.

Elle ajouta : C'est vous ou c'est Kodama-*san* qui a choisi le Tenno Jinja pour notre rencontre ?

C'est elle. Pourquoi ? Vous auriez préféré ailleurs ?

Non. Simple curiosité.

Ici, l'avantage c'est qu'on peut se promener, il y a le rivage.

Après un temps d'arrêt, il poursuivit : Et puis le Tenno Jinja est tout indiqué quand on songe au mariage…

Il se tut, devint tout rouge. Il avait peur de donner l'impression d'aller trop loin, trop tôt.

Elle savait que le temple abritait une statue du Bouddha figurant à la fois un homme et une femme, cela était censé porter bonheur aux futurs époux.

Il la questionna sur son activité, sur ce qu'elle récoltait de la mer. Il n'en ignorait rien puisqu'il était employé à la coopérative de pêche. C'était pour entretenir la conversation, la faire parler.

Ensuite il s'enquit de sa santé.

Elle se portait très bien, et elle serait même tout à fait heureuse s'il n'y avait les événements, les hommes à l'armée, les femmes à travailler dans les usines. Et tellement d'inquiétudes sur l'avenir.

Et lui, comment vivait-il la guerre ?

Ils étaient parvenus à l'extrémité de la crique, alors sans se concerter ils firent demi-tour pour revenir sur leurs pas. Mme Kodama, arrêtée à mi-chemin, les attendait assise sur un rocher, son parapluie, fermé, à côté d'elle.

Comment il vivait la guerre ? Il accomplissait son devoir, le pays avait besoin de lui. C'était dur souvent, plus encore avec l'interdiction de se confier à qui que ce soit, parce que ce pourrait être dangereux.

Il allait repartir et désormais ce serait plus difficile pour lui d'être au loin car il penserait à elle et il ne pourrait pas la revoir avant longtemps.

Si vous voulez bien qu'on se revoie…

Elle sourit sans répondre.

Il dit que désormais il vivrait dans l'espoir, dans l'attente de revenir.

Nous avons de la chance, lança Mme Kodama comme ils arrivaient à sa hauteur, les nuages s'en vont, et voilà le soleil. C'est bon signe.

Elle sortit de son corsage une amulette qu'elle agita devant sa poitrine avant de la remettre en place entre ses seins. Yumi reconnut le talisman qui s'achetait au petit sanctuaire d'Okitama, voué au mariage et au bonheur conjugal. Enfant, elle s'y était rendue dans les bras de sa mère, toute la famille en pique-nique, partie tôt matin de Wagu avec d'autres jeunes couples de l'île sur un bateau de pêche reconverti pour l'occasion en navire de promenade — femmes et enfants assis sur le bois rugueux du pont, se retenant tant bien que mal à un cordage, une membrure de la coque, secoués sous les soubresauts de l'esquif ballotté par les vagues, encourageant de leurs chants les hommes qui souquaient ferme sur les avirons.

Elle demanda à Hajime (elle l'appelait par son prénom en son for intérieur) s'il avait visité Meoto Iwa. À peine la question proférée, elle se sentit confuse. Supposer qu'il n'était jamais allé en un lieu si voisin était offensant. C'était sous-entendre qu'il n'était jamais sorti de son trou, ignorait tout du monde extérieur, même des cités les plus proches.

Bien sûr il connaissait. Tout petit, il comptait les grenouilles juchées sur les rochers, avant et après le temple d'Okitama, comme font les enfants. Il y avait le choix entre les statues de pierre aussi grosses qu'un bœuf et les statuettes en bois, de la taille naturelle du batracien. Et c'était toujours la même grenouille. Exactement la même.

Yumi-*san* le savait, ces grenouilles peuplaient le rivage sur le sentier caillouteux le long de la mer devant les Meoto Iwa, les « rochers mariés », pour rappeler que la divinité Miketsu était arrivée ici en compagnie d'une grenouille.

Ils refranchirent la digue, passèrent cette fois au dos du temple pour s'engager dans les ruelles du village, précédés par Mme Kodama. Ils atteignirent la chaussée, et devant les plateaux de bambou couverts de poissons mis à sécher, ils se séparèrent. Il descendait vers le quartier Est de Wagu où il habitait, Mme Kodama poursuivait tout droit en direction de Momotori où au sortir du premier virage s'élevait sa petite maison, Yumi remontait la côte vers Toshi-chō.

Mme Kodama s'éclipsa la première. Il demeura immobile un instant face à la jeune fille, cherchant ses mots.

Là où je serai, j'espère pouvoir vous donner des nouvelles. Bien sûr, par l'intermédiaire de Kodama-*san*...

Il voulait souligner son respect des usages, il ne serait pas convenable qu'il lui écrive directement.

Nous nous reverrons quand je reviendrai... Vous voulez bien ?

Elle l'observait, remarquant seulement maintenant qu'il avait les traits du visage réguliers, la bouche bien dessinée ; son front large respirait la confiance et les capacités de réflexion, dégagé par la coupe de cheveux militaire. Il était plutôt bel homme.

Et tel un rideau qui se ferme d'un coup, interrompant

la scène qui se joue, à cette seconde même surgit devant ses yeux la silhouette de Ryo. D'abord elle entendit dans l'ombre du camphrier la pianotante musique de la pluie sur les feuilles et les herbes déjà couchées sous le poids de l'eau. Puis soudain ce fut, dans la nuit, le visage brûlant sur le sien, les souffles précipités… Des larmes lui vinrent aux paupières.

Oui, murmura-t-elle.

Elle n'était pas certaine de savoir à qui, à quoi au juste elle disait oui.

Quand il se pencha par trois fois pour la saluer il nota ses yeux humides.

Il partit heureux.

La pluie avait cessé. Elle grimpa l'étroit passage qui menait au cap Tsukiage. Des ruisselets couraient de tous côtés, traversaient le sentier ici ou là, le transformaient un temps en torrent miniature. L'eau affluait sur ses *geta* et ses *tabi*, inondait ses chevilles, son pantalon fut rapidement trempé jusqu'aux genoux. Elle poursuivit son chemin, en route vers Dozuka, la sépulture du corps de Kuki Yoshitaka.

Elle y allait par gourmandise. Des orangers entouraient le monument de pierre. Sur leurs branches retombantes les fruits verts ne se distinguaient pas du feuillage à cette heure tardive de l'après-midi, mais sous cette apparence immature, à l'intérieur, le fruit commençait d'être mûr dès la fin octobre.

Et c'était une joie d'ouvrir cet entre-deux d'orange et de mandarine qu'on appelle *mikan*, et de voir surgir, entre les pans de pelure déchirés, leurs quartiers de pulpe comme autant de lunes rousses entre deux nuages.

Les laisser fondre dans la bouche, un vrai délice. Simple, offert par la nature.

Quelques femmes de l'île montaient jusqu'ici, mais les hommes étant mobilisés, empêchés d'y venir, elle était à peu près certaine d'y trouver des fruits.

Tout en mangeant une deuxième, puis une troisième orange-mandarine elle contempla l'océan qui reflétait le ciel sombre. À cause de la végétation qui couvrait la pente, le rivage au bas du promontoire était invisible derrière les boqueteaux de pins, mais on entendait le bruit des vagues qui s'y brisaient, levées par le vent d'Est.

Quelques lumières hésitantes se mirent à clignoter de l'autre côté du bras de mer, sur le port de Sugashima. L'île profitait de sa proximité d'avec Toba d'où un câble aérien, haut tendu sur des pylônes, lui apportait l'électricité ; il en allait de même pour Tōshijima, pourtant les coupures y restaient fréquentes. En secours, des générateurs alimentaient les villages, mais souvent il fallait se dépanner avec des lampes à huile.

Son panier rempli, il fut l'heure de rentrer ; le sentier était devenu périlleux à cause des herbes mouillées et de la boue ; les socques de bois dérapaient sans cesse, et plusieurs fois elle mit un genou à terre pour éviter de s'étaler, et déjà elle voyait son panier renversé, les fruits dévalant la forte pente. Quand c'était possible elle se retenait d'une main aux piquets de bois présents par endroits pour délimiter de minuscules jardins potagers, cernés de fougères. Plus loin elle ne dut qu'à des arbrisseaux auxquels s'agripper d'éviter la chute.

Une fois en bas elle coupa par l'arrière des maisons de Wagu, longea le temple Tenno Jinja, puis la côte plantée de rochers où elle avait fait la connaissance de Hajime et retrouva la route bitumée vers Toshi-chō.

À la maison pas un bruit. Tsukiko était absente, retenue par une réunion du comité des pêches, près de la criée, c'était son tour d'y représenter les *ama*. Elle se souvint des soirs heureux où son père et Noboru étaient assis sous le *kotatsu*[1], la couverture sur les genoux, savourant une bière.

Yumi s'employa à préparer le dîner.

1. Table basse doublée, en-dessous, d'une couverture matelassée où l'on se tient les jours de froid — réchauffés hier par des braises, aujourd'hui par un chauffage électrique.

Le lendemain, avant de gagner la crique où rejoindre ses collègues, elle fit un détour et traversa l'étroit pont de bois peint de rouge vif qui menait à un îlot en forme de pain de sucre. Peu après le pont elle s'arrêta devant une minuscule construction de bois couverte de quelques tuiles, tel un vieux coffre sous les arbres, entouré d'une petite étendue de galets blancs.

On trouvait fréquemment au bord d'une route ou le long d'un sentier un de ces sanctuaires lilliputiens, de la taille d'une ruche, qu'on appelle *hokora*.

Elle se pencha en avant, frappa dans ses mains, se recueillit quelques secondes, puis frappa des mains de nouveau.

Alors elle repartit d'un pas joyeux. Elle n'avait rien demandé à la divinité, elle était venue exprimer son contentement de respirer sous le ciel, d'être une vivante à la surface de la terre. Du plus loin qu'elle remontait en sa mémoire, il lui semblait qu'elle n'avait pas vécu de journée où elle ne s'était applaudie d'exister. Le sentiment d'être ici et maintenant la traversait souvent comme l'éclair et l'emplissait d'un long souffle de fraîcheur.

La minute d'après, n'y songeant plus, elle reprenait la routine de son quotidien.

La brume du matin venait de s'effilocher par endroits et le bleu du ciel palpitait dans les trous dégagés comme des pierres au fond d'une eau profonde que le soleil révèle.

La saison de pêche aux ormeaux serait close à la fin de la semaine.

En arrivant sur le rivage, par reflexe elle prit note de l'orientation des vagues, des remous du courant ; même les jours où elle ne plongeait pas elle ne pouvait s'empêcher de noter l'état de la mer, d'évaluer la force et la direction du vent.

Elle se rendit à la cabane pour se changer, retrouvant la douzaine de collègues avec qui elle faisait équipe.

Tsukiko travaillait désormais avec une autre escouade de plongeuses qui avaient leur hutte sur l'autre versant du promontoire.

On débattit pour décider du lieu de pêche, certaines proposaient l'est de la crique parce qu'elles se souvenaient y avoir l'an passé à cette époque trouvé des ormeaux, d'autres préféraient explorer le rocher plus au large qu'on appelait la Dent du Vent.

La responsable pour le mois, rôle que chacune tenait tour à tour, hésitait, un accord lui paraissait compliqué à obtenir. Kazue, la doyenne du groupe, souffla qu'on votât.

Pour approuver le choix suggéré, il fallait garder la

bouche ouverte, et, si l'on était contre, conserver les lèvres closes. Sitôt qu'une majorité parut se dégager en faveur du rocher du Vent les *ama* qui avaient d'abord gardé les lèvres fermées ouvrirent la bouche elles aussi. La décision fut adoptée à l'unanimité.

L'océan était calme, une houle ancienne soulevait en rythme mais avec nonchalance la surface de l'eau. La plupart des plongeuses tiraient leur baquet de bois par la corde, d'autres le poussaient d'un bras par-devant. Quelques-unes qui continuaient de plonger quasi nues s'étaient résolues à adopter la camisole blanche parce qu'un requin avait attaqué deux *ama* le même jour sur la côte de Shima. Heureusement sans blessures graves. Mais on se souvenait qu'une *ama*, dix ans plus tôt, avait perdu la vie près d'ici sous les mâchoires d'un squale. Le drame s'était déroulé en juin. Le reste de cette année-là aucune *ama* n'avait plongé.

Cette parure de fantôme était censée, comme le fichu blanc sur les cheveux, éloigner les requins. Trois précautions valant mieux qu'une, quasiment toutes les *ama* portaient sur elles ou sur leurs filets, attaché par une cordelette, un talisman.

Chez les Kitayama, dans le *tokonoma*, ce renfoncement du mur dans la pièce principale, qui constituait le seul décor de la maison, au côté d'un bouquet de fleurs séchées, Tsukiko avait accroché, sous l'estampe encadrée qu'on avait toujours vue là, un *omamori*, petit sachet de tissu de couleurs vives contenant une inscription sacrée, qu'elle renouvelait une fois l'an.

L'estampe représentait trois *ama*, l'une en plongée, les deux autres debout sur les roches, essorant à deux mains une étoffe rouge, nouée à leur taille, qui, relevée très haut sur la hanche, découvrait leur nudité.

Noboru affirmait qu'il s'agissait d'une *shunga*, une estampe érotique, ce que Tsukiko, qui l'avait héritée de sa mère, démentait. Le père ne se prononçait pas et faisait remarquer, mi-figue mi-raisin, que si c'en était une, tant mieux, car les anciens disaient que la présence d'une *shunga* dans une maison protégeait contre l'incendie.

Yumi s'éloigna pour prospecter les fonds. Ce matin-là, elle plongea durant près de trois heures, sans autre répit que le temps de reprendre sa respiration.

Vers midi elle regagna la cabane ; un bon feu ronflait au centre du local. Tout autour, assises en tailleur ou allongées sur un coude, les plongeuses se réchauffaient. Celles qui avaient adopté la nouvelle tenue blanche s'en étaient débarrassées, et les longues chemises étendues sur des fils en travers de l'espace laissaient pendre des bras fantomatiques d'où se dégageait une buée légère. Les plus jeunes avaient rejoint les anciennes autour du feu pour profiter de la chaleur, elles se tiendraient là près des flammes jusqu'à transpirer.

Quelques prises du matin cuisaient en sifflant sur la grille de fer.

On se reposait en dégustant une boulette de riz, un *bento*, et surtout on bavardait. On parla de la pêche, du temps qu'il faisait, des potins du bourg, et forcément des nouvelles des journaux. On s'inquiéta de la guerre, du sort des maris, des fils, des cousins. L'une rappela les faits et gestes de l'époux, sa hâte brouillonne dans ses préparatifs de départ qu'elle avait dû prendre en main. Cela parlait à toutes, elles y reconnaissaient le comportement des hommes en général. On communiait dans les mêmes compassions, agacements et complicités.

On était bien.

Après une sieste, toutes retournèrent à la mer.

Elles rentrèrent avant la nuit, poussant le fruit de leur fatigue qui sur une brouette, qui sur un petit chariot.

Kazue vérifia, à l'aide du gabarit en bois, la dimension règlementaire des mollusques pêchés par Sumiyo qui en fit de même pour Yumi qui mesura ceux de sa voisine. À la coopérative, les récoltes individuelles furent comme chaque jour pesées et notées sur un cahier ; après les enchères, on y inscrirait le gain obtenu. L'argent était versé en fin de semaine.

Les ormeaux noirs, les plus recherchés et qui se vendaient au meilleur prix, étaient le rêve de toutes, mais on n'avait une chance d'en découvrir que sur des fonds de quinze à vingt mètres. Ce qui réservait leur récolte aux plus aguerries.

Désormais l'île avait perdu la quasi-totalité de ses hommes, sa population n'était plus constituée que de femmes, d'enfants et de grands vieillards.

Le premier du mois on célébra la journée de mobilisation nationale. Toutes les pensées se tournèrent vers les valeureux soldats, engagés au-delà des mers sur le front des pays colonisés, et qui édifiaient la Grande Asie orientale, on disait aussi le Grand Japon pour désigner l'immense projet de l'Empire du Soleil levant.

Bien que le premier du mois tombât un dimanche, les écoliers se rendirent en classe avec au fond du cartable, dans le *bento* soigneusement composé comme à l'accoutumée par la maman, une originalité : la nourriture, plus frugale que d'ordinaire par référence au sort des militaires, était à l'image et aux couleurs du drapeau. Du riz blanc et, au milieu, une prune rouge confite dans le sel.

Les temps avaient changé. Des épouses qui jusque-là secondaient un mari sur le bateau de pêche maintenant prenaient la barre, assistées d'une fillette, d'un vieillard, d'un enfant. On se mettait à deux, à trois, pour surveiller les lignes et surtout on s'entraidait pour tirer le filet. On le relevait plus souvent afin qu'il fût moins chargé.

Les barques étroites ne s'éloignaient guère de la côte et naviguaient en vue du port. Franchi le môle de Toshichō, elles affrontaient les forts courants de marée entre la pointe d'Onakayama et l'îlot d'Ozukumi, puis effectuant un large virement se laissaient porter en sens inverse dans l'exiguïté de la passe. Des heures et des heures d'allers-retours en traînant les lignes de pêche. Quelques bateaux choisissaient de braver plein nord les vents du large et on les voyait disparaître derrière le rocher de Kozukumi.

Mais à cause des absents, les trois quarts des barques ne sortaient plus. Avant le départ des patrons pêcheurs, le village entier avait aidé à remonter les embarcations au sec comme on le faisait à l'annonce d'un typhon.

Les femmes qui ne naviguaient pas s'embauchèrent dans l'unique usine de l'île qui pratiquait l'ensachage du poisson séché ou dans des ateliers à Toba, pour tenir les postes des ouvriers appelés sous les drapeaux.

C'était une obligation morale avant tout, mais personne n'aurait eu l'idée de s'y soustraire. Un tel comportement conduirait à une forme de déshonneur.

Seules les mères d'enfants en bas âge et les plus vieilles femmes demeuraient le jour dans leur foyer.

Les *ama* continuèrent de plonger. Celles qui auparavant travaillaient depuis une barque, et en général en couple (la femme dans l'eau, le mari dans la barque et surveillant la corde qui la relie à la plongeuse), en l'absence de l'époux rejoignirent les *ama* qui partaient individuellement de la grève pour gagner à la nage le lieu de pêche.

Sumiyo plaisantait à l'idée qu'il avait fallu la guerre pour que les *ama funado*[1] découvrent le bonheur de se réchauffer dans la hutte, réunies toutes ensemble autour du feu, alors qu'elles ne connaissaient jusque-là que le petit brasero embarqué l'hiver au centre du bateau, devant lequel on tend le dos et les bras une fois remontée dans la barque, pendant que l'époux allume une énième cigarette. Et surtout quelle satisfaction c'était de se laisser aller, de s'abandonner en confiance entre femmes complices et proches comme des sœurs, et aussi d'oublier tout — l'absence de l'époux, le sort des fils, les difficultés du jour, la marche chancelante du monde — dans le brouhaha des bavardages et des rires, pendant les pauses de la journée.

1. L'*ama funado* plonge depuis une barque (conduite par un homme, en général son mari) alors que l'*ama kachido* part individuellement du rivage et gagne le lieu de plongée à la nage.

Mme Kodama se présenta, l'air important, à la maison des Kitayama à la fin d'un après-midi ensoleillé.

Quelques jours auparavant, la radio avait relaté la victoire de l'aviation qui avait détruit la base militaire américaine de Midway, un atoll minuscule, mais un verrou stratégique au milieu du Pacifique, et coulé des porte-avions ennemis.

La veille, Yumi, accompagnant son amie Yuna à l'école où elle allait chercher sa petite sœur, avait assisté, au fond de la cour, derrière les élèves, à une projection sur un drap blanc des actualités de la semaine. Les mêmes actualités qui, au petit cinéma de Toshi-chō — fréquenté seulement par les gens riches, assurait Tsukiko — précédaient le film.

L'écran avait affiché « Une grande victoire », en gros caractères clignotants à l'instar des étoiles et comme peints d'un énorme pinceau blanc, pendant que les images montraient des groupes d'enfants rieurs des îles hawaïennes, les bras pleins de fruits, accourant au-devant des troupes japonaises. Une voix d'homme au ton ardent soulignait que nos soldats étaient accueillis par une foule délirante d'enthousiasme.

Cela ne suffisait pas à rassurer les familles sans nouvelles des hommes.

Chez les Kitayama, on savait Izuho enrôlé dans la marine et Noboru dans l'armée de terre. Mais ils se trouvaient dans des lieux tenus secrets. Au moins voulait-on espérer qu'ils ne suivaient ni l'un ni l'autre une formation de pilote.

Mme Kodama annonça, tout sourire, qu'elle avait enfin reçu une lettre de Tanimoto-*san*. L'enveloppe contenait deux feuillets destinés à Yumi.

Nul doute que la marieuse avait lu ce courrier. La censure militaire également. D'ailleurs il avait été écrit dans l'esprit de satisfaire aux deux.

Yumi prit les feuillets et les mit dans une poche de son pantalon. Mme Kodama parut surprise de ce geste, mais ne dit rien. Tsukiko servit du thé *konbu-cha* accompagné d'un gâteau d'algues.

On parla des soucis du jour, de l'inquiétude des mères et des épouses, des provisions qui se faisaient rares. Beaucoup dans l'île avaient de la parenté dans les campagnes du Honshū ou du Shikoku, et l'on découvrait que le rationnement était promulgué partout. Même les paysans avaient des difficultés à nourrir les leurs. Le riz blanc était devenu un produit de luxe. On trouvait du riz complet que les mères de famille n'appréciaient guère parce qu'il n'augmente pas de volume à la cuisson ; aussi elles le pilaient d'abord longuement pour le décortiquer.

On se remémorait, les yeux humides, le riz nouveau qu'on dégustait autrefois à l'automne. Un riz merveilleux, qui était comme un œuf mollet : ferme à l'extérieur, tendre à l'intérieur.

Mme Kodama agita sa tasse d'un mouvement du poignet pour mélanger le dépôt qui s'était formé dans le fond avant de la porter à ses lèvres.

Des associations de voisins, les *tonarigumi*, récemment créées, organisaient maintenant la solidarité dans les quartiers et répercutaient les mots d'ordre des autorités. On se partageait la sauce soja, le *miso* pour la soupe, on cuisait le riz en commun.

À Tōshijima il y aurait toujours la ressource des poissons, des mollusques, des algues. Chacun affirmait qu'il n'avait pas trop à se plaindre. Mais on y croyait de moins en moins.

Mme Kodama confia qu'elle hébergeait deux élèves du Yokaren, le programme de formation des pilotes de réserve, deux garçons charmants, dix-sept ans chacun. Ils étaient détachés par le groupe aérien de Mie pour surveiller les côtes de Tōshijima.

L'armée leur fournissait de la nourriture en quantité et ils la partageaient avec les voisins.

Au bout d'une demi-heure, Mme Kodama se retira, glissant à l'oreille de Tsukiko qu'elle n'avait aucun signe de vie de la part de Hachizume-*san*, le second célibataire intéressé, dont elle avait parlé.

Il était clair qu'elle misait tout son jeu désormais sur le premier.

Après le départ de l'entremetteuse, Yumi lut les feuillets de Hajime. Il allait bien, tenait son rang au sein du régiment, les soldats se dévouaient avec cœur à leurs tâches, il y avait beaucoup d'entraide ; il pensait beaucoup à Yumi-*san*, se rappelait avec joie leur rencontre qui lui semblait si lointaine, et il songeait à l'avenir, aux projets heureux qu'ils pourraient bâtir et partager à deux.

Le printemps revint, puis un autre. L'aube se leva sur 1944. L'an neuf qu'on accueillait d'ordinaire avec la soif d'accéder à une étape nouvelle de l'existence, et qui engageait tant d'espérances, prit cette fois une allure de monde en sursis.

L'impression se répandait de n'être plus aussi certain qu'avant de vivre un retour de saison, dans la succession de ce qui vient, se déroule, s'évanouit et revient.

L'année qui s'ouvrait semblait entraîner le monde en dehors de la ronde familière qui rythmait l'impermanence heureuse des choses. Cette fois c'était un pas de côté et dans l'inconnu.

Les visites traditionnelles au sanctuaire virent le cordon de la cloche, qui produisait un son caractéristique (on aurait dit le son de cailloux agités dans une bassine de fer), tiré par une femme seule, des enfants escortés d'une aïeule très âgée.

Pour ne rien changer à la coutume, Yumi fit sortir d'un petit tambour de bois une baguette numérotée. Derrière son comptoir, la *miko*[1], en tunique blanche aux larges manches sur un *hakama*[2] rouge, la lui échangea pour une poignée de *sen*[3] contre un *omikuji*, cette bandelette de papier qui contient une prédiction. Yumi lut l'oracle et, le jugeant favorable, elle le rangea avec soin dans sa poche. Dans le cas contraire, elle se serait empressée de le nouer à une branche d'arbrisseau au sein de l'enceinte sacrée afin que les *kami* viennent conjurer la malchance annoncée.

Les semaines passèrent dans une atmosphère de printemps dévasté. Pourtant en avril le paysage offrit une nouvelle fois les splendeurs réjouissantes des cerisiers et des pruniers en fleurs. Mais il n'y eut pas grand monde pour se réunir sous les ramures palpitantes et y célébrer *hanami*, la joie devant le renouveau en fleurs. Le spectacle pourtant restait merveilleux, la nature entière était en fête.

On aurait dit que chaque branche et brindille s'était couverte de frêles papillons, roses et blancs, dodinant leurs fragiles ailes à la moindre brise, et tous frémissant en attente du signal de l'envol.

On vit encore des jeunes filles s'asseoir, bavarder et rire sur une nappe tendue par-dessus le tapis des pétales tombés de la nuit, tandis que continuait de bruiner sur elles la fausse neige, lente et tiède, des arbres réveillés par la sève.

1. Jeune fille qui participe à l'entretien d'un temple shinto, à titre bénévole ou en emploi partiel.

2. Pantalon large et plissé, porté souvent lors de cérémonies et, de nos jours, dans l'exercice de certains arts martiaux.

3. Le *sen* était jusqu'en 1954 une subdivision du yen et équivalait à un centime de yen. Aujourd'hui le yen ne comporte plus aucune décimale.

Mais si peu de familles pouvaient se rassembler et se réjouir d'être ensemble une année de plus dans l'immense regain de fraîcheur et de joie neuve répandu en vain sur le monde.

Yumi, en descendant vers la baie pour rejoindre ses compagnes de pêche, aperçut, dans le ciel clair du matin, de longues traînées blanches qui se désagrégeaient lentement en tirets discontinus. Elle compta plus de vingt lignes de craie tracées sur le bleu du ciel, se chevauchant parfois, qui venaient du sud et se perdaient au loin vers le nord-est.

C'était la première fois qu'elle se trouvait face à cette réalité : des avions ennemis étaient passés au-dessus de sa tête, qui en ce moment même semaient la mort et la destruction sur des villes du Kantō.

Le présent de la guerre s'imposait partout. Lors des pauses dans leur cabane, les sujets de conversation des *ama* se faisaient plus graves ; celles qui avaient de la famille dans les villes relataient le désespoir des mères qui donnaient du gruau à leurs enfants en place du riz introuvable ou hors de prix. Dans bien des endroits proches de la côte on utilisait l'eau de mer pour la cuisine, en remplacement du contingent de sel épuisé.

Tōkyō avait été touchée par les bombes incendiaires de centaines d'avions. On ne comptait plus les morts et les maisons dévastées.

Au milieu de l'été le bruit courut que Saipan, cette île lointaine du Pacifique rattachée au Japon depuis la Première Guerre mondiale, avait été prise par les Américains.

En août, la presse annonça la démission du premier

ministre Tōjō. Les journaux montrèrent une fois de plus la photo d'un petit homme au crâne rasé, les reins cambrés. Son regard perçant visait le monde à travers l'œilleton de fines lunettes rondes en métal, tandis qu'un sourire un brin grimaçant contredisait l'aspect séducteur d'opérette de ses moustaches à l'italienne. On connaissait son surnom né chez les troupes qu'il avait commandées en Chine : « le Coupe-chou ». Référence, au choix, à sa rapidité de décision, son caractère incisif, sa cruauté.

Dans les jours qui suivirent on en apprit un peu plus sur cette première défaite à demi reconnue. À Saipan, bien que submergés par le nombre des ennemis, les trente mille soldats et les dix mille civils avaient mené une résistance héroïque. Aucun n'avait accepté de se rendre. Repoussés pied à pied jusqu'à la côte nord par les assauts des *marines*, nos compatriotes, disait la radio, par milliers s'étaient jetés du haut de la falaise ; les civils, avec femme et enfants.

À la pause du jour, Keiko, d'ordinaire la boute-en-train du groupe, avait perdu le goût de la plaisanterie ; son neveu Shusaku, qui avait fait des études à l'université, venait de passer quelques jours à Wagu avant de rejoindre la marine.

Elle baissa la voix. Le garçon affirmait qu'une police spéciale, associée à la *kempetai*, la police de l'armée, traquait partout ceux qui laissaient percer le moindre doute face aux vérités officielles — ne parlons pas de manifester une opposition.

Shusaku était dévoué à l'Empereur et prêt au sacrifice pour sauver le pays. Mais il ne croyait plus à la grande bataille annoncée où le courage de tout le peuple renverserait la situation.

Au sein même du palais impérial, on envisageait de cesser le combat. Le mot, officiellement interdit, avait été prononcé : reddition.

Ces propos stupéfièrent les *ama* réunies autour du feu.

En revenant à la maison, alors qu'elle longeait l'embarcadère, Yumi aperçut des papiers jonchant le sol, elle en ramassa un. C'était un tract ; il réclamait la fin de la guerre et le retour des hommes à leur foyer, il affirmait que le peuple japonais ne désirait qu'une chose : vivre en paix.

Qui, parmi les gens de l'île, avait eu le courage ou la folie de diffuser ce document ? Était-ce l'acte d'un habitant de Tōshijima, donc de quelqu'un qu'elle connaissait, ou d'un inconnu qui aurait pris le bateau depuis Toba, avec les tracts plein sa musette, pour les répandre discrètement sur le quai avant de repartir ?

Elle aurait aimé savoir combien de gens les avaient lus et surtout combien approuvaient, sans rien dire et peut-être sans oser se l'avouer, ce qui était écrit sur ce papier.

Le tract était propre, personne n'avait marché dessus ; l'employée du port n'avait pas encore balayé ceux qui jonchaient les pavés. À quelques minutes près, Yumi aurait pu surprendre le coupable en pleine action.

La politique n'était pas son monde, son père le lui avait assez répété quand il la voyait lire le journal après qu'il l'avait abandonné. La politique, Izuho s'y intéressait peu, et il était d'avis que ce n'était pas à une fille d'y fourrer son nez. Ce genre de choses n'était pas à la portée des femmes.

La réalité de la guerre faisait partie du quotidien depuis quatorze ans. Les événements — ou plutôt leur écho dans la presse et la radio — avaient bousculé pour tout un chacun le courant des jours. Yumi se rappelait seulement ceux qui avaient marqué l'actualité, comme un typhon dévastateur ou un séisme intense. Ainsi le premier bombardement sur Tōkyō en 1942 qui avait fracassé le rêve d'un Japon maître de l'Asie.

Par la suite, les bombardements sur les ports, les bases militaires et les centres industriels s'étaient multipliés. Et quand ils avaient visé des agglomérations sans enjeu notable jusqu'à devenir monnaie courante ces derniers mois, y compris pour les villes moyennes, ils avaient simplement pris place dans la difficulté des temps.

Tōshijima avait échappé aux bombes, et puisque l'île n'abritait rien de remarquable on voulait croire qu'elle ne constituerait pas une cible.

Ici personne ne suivait dans le détail la situation du pays. La plupart des villageois savaient confusément que le Japon occupait la Mandchourie, la Corée, Singapour, les Philippines et diverses contrées d'Asie. Yumi n'aurait su en dresser la liste complète. Et comme tout un chacun elle sous-estimait les dégâts causés, dans l'archipel même, par les bombardiers américains.

Sauf à posséder dans sa famille une personne directement concernée, on ignorait à peu près tout des victimes.

On vivait le présent, et le présent était un temps de guerre.

L'absence des hommes, les inquiétudes liées à leur sort, les problèmes matériels de l'heure, la nécessité de gagner de quoi nourrir les siens, l'impératif de contribuer à l'effort commun en prenant sa part du travail abandonné par les mobilisés habitaient les esprits, en permanence agités entre préoccupations terre à terre et obligations morales.

Yumi, ni Tsukiko ni leurs collègues n'avaient le loisir de s'interroger sur des réalités aussi lointaines que les décisions des autorités, sur lesquelles de toute façon elles n'avaient aucune prise.

Par-dessus tout, on faisait confiance à l'Empereur, et c'est lui qui tenait les rênes.

Des collégiennes travaillaient à l'atelier de conserves de Momotori. Beaucoup avaient fui, encadrées par leurs professeurs, les bombardements de Kōbe, de Kuwana et de Wakayama. Depuis le début de l'été 1944, la nouvelle circulait que de nouveaux bombardiers plus puissants, les B-29, s'attaquaient désormais aux petites villes. On venait d'apprendre la destruction de Tokushima, dans le Shikoku.

La moitié des collégiennes étaient hébergées sur place à Momotori, les autres à Wagu où les habitants s'étaient organisés pour leur fournir de vieilles bicyclettes. On les apercevait qui arpentaient les six kilomètres pour se rendre à l'atelier et en revenir. Une fille sur la selle, une autre à califourchon ou en amazone sur le porte-bagages. Dans les descentes, l'équipage zigzaguait en travers de la chaussée. Des rires, des hurlements de frayeur feinte résonnaient dans la campagne, les cris des filles disputaient aux corbeaux de remplir le silence.

C'était la beauté de la jeunesse, cette capacité de vivre l'instant.

Yumi s'était portée volontaire pour travailler trois jours par semaine dans l'atelier avec les filles. Elle empruntait pour s'y rendre le vélo de Noboru, dont l'antique cadre d'acier, dix fois ressoudé, lui semblait peser des tonnes.

Pour aller à Momotori elle avait adopté le *mompe*, le « vêtement du citoyen », devenu l'uniforme du temps de guerre, veste et pantalon bouffant serré aux chevilles, le tout dans un coton de la teinte d'un crépuscule d'hiver, entre le gris, le marron et le noir.

Les *geta* auraient dérapé sur les pédales, aussi Yumi les avait troquées contre de vieux godillots trouvés dans un placard de la maison. Tsukiko avait oublié qui jadis les avait portés.

Un matin, très tôt, Yumi finissait le bol de soupe qui constituait désormais l'essentiel de ses repas — Tsukiko répétait combien elles étaient favorisées de vivre près de la mer puisqu'elles pouvaient ajouter toutes sortes d'algues qui donnaient du goût à la monotonie du rationnement. C'était ce que dans chaque foyer de l'île la voix d'une aïeule rappelait, autour de la table aux trois quarts vide, aux enfants.

Tant de choses avaient disparu, tant de petits bonheurs ordinaires s'en étaient allés, effacés en silence, éteints l'un après l'autre, à Tōshijima comme partout. Sous les toits en écorce de cyprès un parfum de résignation qu'on ne voulait pas interpréter comme du découragement assombrissait l'atmosphère.

La radio interrompit brusquement le programme musical que Yumi et sa mère aimaient écouter avant de partir travailler. Une voix calme annonça : « Bombardements en cours sur Kanagawa, Shizuoka, et sur la baie de Mikawa. Nouveaux bombardements incendiaires sur Ōsaka et Kōbe. »

Bien qu'à l'écart, Tōshijima ne se sentait plus à l'abri. Tout le monde maintenant avait vu dans le ciel le sillon blanc laissé par les avions ennemis qui volaient à haute altitude.

À toute heure au cœur des habitations les raids incendiaires surgissaient au milieu des occupations depuis une radio allumée.

Les villages de l'île avaient entendu hurler les sirènes d'une alerte, mais jamais ils n'avaient vécu les grondements d'une explosion proche, ni le staccato de pics épeiches déchaînés d'une batterie antiaérienne.

Des abris avaient été construits, des exercices étaient régulièrement menés pour organiser la mise en sûreté des habitants en cas de besoin. Les familles s'inquiétaient d'abord pour leurs mobilisés.

La réalité de la guerre, l'haleine fétide de la tuerie se tenaient encore loin.

La limite d'âge pour être enrôlé dans l'armée venait d'être relevée, les hommes de plus de quarante ans étaient désormais mobilisables. Beaucoup s'étaient d'eux-mêmes engagés.

Un nouveau raid aérien incendiaire sur Tōkyō fit cent mille morts le 9 mars 1945.

En avril, au lendemain de la fête sportive annuelle des écoles, l'ordre de mobilisation, la fameuse lettre rouge, fut de nouveau distribué dans les foyers à destination des derniers adultes de sexe masculin.

Seuls les garçonnets et les grands vieillards pourraient contempler, près de chez eux, les cerisiers en fleurs.

En juin, le bruit courut que de nouvelles mobilisations, encore plus fortes, se préparaient pour le mois d'août. Dans les foyers on se demanda qui cela pourrait concerner, la population mâle encore présente se résumait à des vieillards et des bambins.

Les femmes brodèrent plus que jamais des « ceintures à mille points », des *sennibari*, dont chaque point, en principe, devait être effectué par une femme différente; ce n'était plus envisageable. Le soldat portant cette ceinture voyait son courage multiplié — même s'il n'était nul besoin d'apport en ce domaine pour un fils de l'Empire —, et surtout le sort serait de son côté et le protégerait des balles ennemies.

Deux bombardements, et avec des bombes d'une puissance inconnue, s'en prirent à Hiroshima le 6 août et à Nagasaki le 9. Les journaux annoncèrent un nombre considérable de morts et une ampleur de destruction jamais atteinte. Selon les autorités, ces nouvelles angoissantes traduisaient avant tout un degré supplémentaire dans l'acharnement des combats.

Ce même 9 août, les troupes soviétiques envahissaient la Mandchourie et pénétraient en Corée. Des centaines de milliers de soldats japonais se retrouvèrent prisonniers.

Le 15 août à midi, une voix d'homme, au ton flûté et un peu chevrotante, que les Japonais n'avaient jamais entendue, sortit des postes de radio de l'archipel et se fit entendre partout, dans les maisons, les bars, et jusque dans les rues des villes et des villages, tombant de haut-parleurs installés tout exprès.

D'une voix mal assurée, pour la première fois dans l'Histoire, l'Empereur s'adressait à ses sujets. Il s'exprimait dans la langue de l'ancienne cour impériale, ce qui rendait son discours complètement obscur à la population.

Toutefois, l'absurdité de la situation avait été prévue, l'incompréhension de tous anticipée et, sitôt éteinte la voix de l'empereur, un speaker anonyme prit le relais pour expliquer sans ménagement, en japonais d'aujourd'hui, agrémenté de quelques tournures familières au parler du Kantō, que le pays était vaincu. Et la guerre finie.

Le retour de Noboru fut annoncé pour les derniers jours d'octobre. Dès le 15 Yumi et sa mère étaient venues chaque soir aux nouvelles devant le débarcadère de Wagu, où le vapeur de Toba faisait une première halte avant de contourner le cap Tsukiage pour atteindre sa destination finale, Toshi-chō.

Le 28, il tombait depuis l'aube une bruine serrée qui isolait l'île sous un voile de tulle crayeux et en fin d'après-midi, à la dernière navette, le bateau ne fut visible qu'au tout dernier moment, lorsqu'il se présenta à l'entrée du quai.

Noboru sauta à terre sans qu'elles le reconnaissent.

Amaigri, métamorphosé, un homme hâve et sombre les fixait de son regard intense.

Ils gagnèrent la maison en silence. Aux premières questions, il avait répondu par un geste de lassitude qui se voulait malgré tout cordial et dont elles saisirent le sens : laissez-moi du temps, je vous raconterai, mais pas tout de suite…

Yumi voulut porter son baluchon, il refusa et jeta sur son épaule son sac de toile.

Il demanda des nouvelles du père. Izuho n'était pas encore revenu, mais on le savait hors de danger, il avait une blessure au bras, au bras droit, et c'était un moindre mal puisqu'il était gaucher. On espérait qu'il serait là très bientôt.

Noboru marcha devant. Il retrouva la venelle qui menait à la maison, et, arrivé sur le seuil, il eut comme une hésitation avant d'ouvrir la porte.

Dans le vestibule il ôta ses lourdes chaussures puis monta la marche pour s'avancer sur les tatamis.

Rien n'avait changé. Le buffet bas, la table basse, le *tokonoma*, ses fleurs et son estampe, la petite horloge qui sonnait l'heure et les demies ; dans le minuscule couloir, l'autel des ancêtres, avec les offrandes de ces derniers jours quand on sollicitait que son retour se déroulât sans encombre.

Dans la cuisine, le fourneau était à sa place et à côté, dans un seau de bois, des boulettes grises. Il s'arrêta, prit une boulette dans sa main. Légère comme une plume. Surpris, il la reposa. Voilà quelque chose qui avait changé.

Tsukiko dit que le charbon, rationné, manquait. Les familles qui avaient accès à du poussier de charbon de bois fabriquaient des *tadon*, des boulettes de charbon. Ceux qui, comme eux, ne disposaient même pas de poussier, faisaient calciner des feuilles mortes et des brindilles ramassées dans les bois. Après quoi, on mélangeait les restes carbonisés avec un peu d'eau de cuisson des pâtes ou du riz, voire des morceaux d'algues séchées, en guise de colle, puis on tassait le tout dans ses paumes comme pour confectionner des *onigiri* et on obtenait ce qu'il voyait dans le seau.

Évidemment c'était beaucoup plus léger que du vrai charbon, donc ça brûlait forcément plus vite. Mais c'était du feu, on pouvait s'y réchauffer, cuire des aliments.

D'ailleurs pour économiser le combustible, on s'arrangeait entre voisins, on préparait les repas de deux ou trois familles sur le même feu, et chacune à son tour apportait de quoi alimenter le fourneau.

Noboru hocha la tête. Il voulait dire qu'il comprenait. Les siens, comme toutes les familles, avaient souffert de la guerre, d'une autre façon que lui à l'armée, mais tout autant.

Pourtant les sons ne sortaient pas. Sans doute trop de mots à la fois se précipitaient-ils dans sa gorge, obstruant l'accès, comme les carpes *koï* sous le passage du petit pont, dans le bassin du jardin de Shukkei-en qu'il avait si souvent parcouru cette dernière année, entre deux exercices au camp.

Le jardin détruit par la bombe, et les carpes et l'étang pulvérisés, le pont Kokō-kyō, le pont enjambant l'arc-en-ciel, disparu, volatilisé, où elles se ruaient en masse dans l'étroit passage.

Il ne refusait pas de partager avec les siens ce qu'il avait vécu, en particulier cette dernière année, sur les pentes du mont Ōmine d'où l'on apercevait toute la ville de Hiroshima et jusqu'aux contreforts du mont Gosasu et même, plus loin encore, cette silhouette bleue derrière laquelle surgissait le soleil, et qui était le mont Shiraki.

Il conservait en un lieu précieux de son esprit, préservée, vivante, éternelle, la beauté des matins autour de Hiroshima : la brume flottant sur la vallée, qui était moins qu'une brume, à peine une buée grise, arachnéenne tel le duvet qui recouvre les écailles des boutons à fruits aux premiers jours du printemps, avant que s'ouvrent les fleurs. Et le soleil rond, jaune poussin, qu'on croyait noyé dans cette vapeur, et qui tout à coup surgissait vainqueur, resplendissant, nourrissant de poudre d'or tout ce gris qui s'effilochait.

Mais raconter, partager, revivre c'était trop tôt, trop à vif.

Il souffrait de retrouver en lui trop souvent ces éclairs de mémoire qui déchiraient la toile de ses occupations quotidiennes, aveuglaient son présent. Et illuminaient les visions restées gravées sur sa rétine, déjà habitée de tellement d'ombres errantes.

Pour le moment, trop d'images tourbillonnantes, trop d'épouvantes, trop d'horreurs. Et il s'en voulait de la première réaction qu'il avait eue — une répulsion inavouable —, la première fois qu'il avait approché les rescapés de la mort initiale, instantanée. Femmes, enfants, vieillards, tous devenus ces fantômes hagards, aux trois quarts brûlés, qui s'avançaient, nus, à une vitesse de tortue, les bras écartés. Eux qui venaient de subir l'éclat de la lumière folle, la fournaise de cent mille volcans et maintenant qui regardaient venir à eux, sans comprendre, la mort seconde, la mort noire, lente et certaine. Et ils donnaient l'impression d'aller vers elle à petits pas précautionneux, prêts à l'accueillir comme l'apaisement de leurs chairs déchirées et de leur soif inextinguible.

Tout ce qu'il avait vu restait ardent. Tout serait là toujours. Comme une menace, toujours invisible, insaisissable.

Comment faire comprendre aux siens l'impossibilité de dire ce qui s'était produit alors que pourtant *cela* était arrivé sous ses yeux ?

Décrire, restituer n'était pas seulement une affaire de mots. Il avait le sentiment qu'aucun langage, aucune voix ne saurait donner la moindre idée de ce qui avait eu lieu à Hiroshima.

On approchait de l'hiver. Les forêts, les bois, les arbres imprudents avancés au bord des routes, tous brûlaient de mille langues de feu. C'était la période de rutilance des érables et des ginkgos, une fête pour les yeux : *kōyō*, la saison des « feuilles rouges ».

La nature jetait ses ultimes forces de l'année dans une profusion de cuivres dorés, de rouges virant au sang noir, de jaunes, de violets, de verts vibrant du bleu des nuits.

Les camélias derrière la maison des Kitayama regorgeaient de fleurs. Dans quelques semaines, au début de la prochaine année, ces fleurs tomberaient à terre, intactes, entières, sans rien perdre de leur forme, leurs paumes rouges serrées sur leur cœur blanc.

On entendait dans la rue les cris joyeux des écoliers qui rentraient par petits groupes après la classe.

La vie avait repris son cours.

La mer atteignit sa température la plus froide, les *ama* les plus âgées allaient à la cabane pour rester près du feu, les autres poursuivaient sous l'eau leur récolte d'algues *nori* et *wakame*, et, dans les plages de temps autorisées par le comité de la coopérative, capturaient encore quelques mollusques.

Yumi avait reçu, toujours par l'intermédiaire de Mme Kodama, une dernière lettre de Hajime. Il y annonçait son rapatriement, et sa joie de revoir Yumi-*san*. Il sollicitait la permission de l'appeler maintenant par son prénom. Elle rit. Tsukiko voulut savoir pourquoi. Elle lui fit lire la demande.

Tsukiko, rêveuse, se souvint d'un homme qui lui avait fait la même proposition quand elle était jeune, mais dans l'autre sens : comme ils se promenaient le long de la côte, il avait profité d'un instant où ils s'étaient trouvés un peu à l'écart et, tourné vers elle, hésitant comme s'il allait revendiquer une faveur charnelle, il avait réclamé qu'elle l'appelle, lui, par son prénom. Pleine d'entrain elle avait répondu : Mais oui, d'accord... Juzo !

Tant d'années après, le souvenir de la scène rosissait ses joues hâlées. Ce jour-là elle se rappelait qu'elle avait rougi comme une pivoine, stupéfiée de se découvrir aussi intime avec un homme.

Tsukiko écoutait, souvent en compagnie de Yumi, les informations à la radio. Elles réagissaient l'une d'un mot, l'autre d'un soupir. Elles n'avaient qu'une idée nébuleuse du nouvel ordre politique et économique qui se mettait en place. Cela ne les affectait pas. Inutile de se préoccuper d'événements qui ne troublaient pas le cercle de leur existence, le cœur de leur monde.

La paix revenue, elles n'eurent qu'un souci, vivre, laisser derrière elles les années noires.

Au long des mois cependant elles apprirent, en même temps que l'ensemble de la population, des détails de plus en plus troublants sur les actions et comportements de l'armée. Les échos qui étaient rapportés des audiences du tribunal de Tōkyō[1] les plongèrent dans la stupeur. Entre l'ouverture du procès en mai 1946 et les verdicts prononcés en novembre 1948, chaque nouvelle révélation provoquerait l'ahurissement.

Comme deux lourdes gouttes d'encre noire se répandent, suivent les fibres du papier pour se rejoindre et former une grosse tache unique aux contours tourmentés, cet inventaire dessina un autre pays. Les nouvelles du procès qui circulèrent défaisaient fil à fil, brin après brin, la tapisserie héroïque que les journaux et la radio avaient tissée pendant quinze ans.

Toute une génération découvrit n'avoir reçu depuis sa naissance que des vérités fallacieuses. Des vérités officielles qui n'étaient que des masques couvrant les mensonges.

La propagande avait présenté l'ennemi américain comme un diable, rustre et bestial. La perspective de l'arrivée dans leurs villes et villages des GI terrorisait la population. On s'attendait à voir débarquer des soudards prêts à tuer, torturer, violer, piller, incendier. Exactement le comportement des troupes impériales en pays conquis, il y avait peu de temps.

Bientôt dans les cités en ruines et les campagnes

1. Le Tribunal militaire international pour l'Extrême-Orient, aussi nommé Tribunal de Tōkyō, créé en janvier 1946 pour juger les principaux criminels de guerre japonais de la Seconde Guerre mondiale.

dévastées, privées de récoltes, on fut surpris de la convivialité de l'adversaire. Des soldats souriants offraient chewing-gums et cigarettes.

La famine sévissait, et l'armée occupante commença par restaurer les réseaux de distribution de nourriture. Elle contribuait aux opérations de reconstruction.

Les premières décisions du général MacArthur, sitôt arrivé à Tōkyō, s'adressaient à ses propres soldats : interdit de fraterniser avec les femmes, interdit de brutaliser les hommes, interdit de manger japonais — ce dernier point pour éviter que les troupes américaines soient accusées de réduire encore les réserves d'alimentation, déjà restreintes.

Le pays dévasté s'empressa de revivre, de travailler, d'œuvrer à se redresser.

L'occupant avait besoin de la coopération du peuple ; le rassembler, comme auparavant, autour de la figure de l'Empereur faciliterait l'organisation du pays. On écarta donc toute mise en cause de la personne de l'empereur Hirohito ou de sa fonction.

L'expansionnisme halluciné qui avait été la marque du pouvoir nippon durant la première moitié du XXe siècle fut attribué à la folie coloniale de l'état-major, seul responsable des opérations et exactions hors frontières de l'armée.

Tsukiko s'assit sur le tatami face à sa fille qui se préparait pour le grand jour. C'était la vingt et unième année de l'ère Shōwa, un mercredi — pour une *ama* un jour bien choisi[1] — soit le 22 mai 1946, tôt le matin. Elle prit les mains de Yumi et, d'un ton solennel, affirma que le moment était arrivé, aujourd'hui s'ouvrait devant elle une page blanche qui allait changer sa vie. Yumi quittait la maison. Elle allait marcher sur un autre chemin au bras de son mari.

Surprise par la gravité sentencieuse de sa mère, Yumi souriait. Elle ne raisonnait pas tout à fait de la même façon, mais se retint de répliquer. Oui, elle épousait Hajime. Pour autant elle n'attendait pas d'un mari qu'il lui désigne la route qu'elle devrait suivre.

Tsukiko finit de l'aider à revêtir le *furisode*[2] blanc

1. Mercredi se dit *sui-yōbi,* littéralement « jour de l'eau ».

2. Kimono d'une soie particulièrement fine, porté pour des cérémonies exceptionnelles, notamment souvent aujourd'hui par les filles le « jour des 20 ans ».

à manches longues qu'elle avait emprunté pour cette circonstance à une source mystérieuse. Bientôt elle quitta sa fille pour s'atteler à ses propres préparatifs.

Comme Yumi se baissait pour chausser ses *zori*, elle se sentit traversée d'une vague brûlante. Ce fut aussi soudain qu'un éclair de chaleur dans un ciel sans nuages.

Elle se releva promptement, trébuchante.

Des yeux, des lèvres avaient surgi, rieurs, contre son visage, puis un homme tout entier, sorti du néant, se pressait contre elle, si près, tellement présent qu'elle se recula comme si, dans l'exiguïté de la pièce, elle devait lui faire de la place.

C'était Ryo.

Alors elle s'adressa à lui, elle admit que oui elle avait promis de l'attendre. Il lui avait demandé un an. Aujourd'hui le délai était dépassé depuis fort longtemps. Elle avait respecté sa parole.

Elle parlait doucement, tendrement, comme une maman qui explique à son enfant pourquoi elle n'était pas là, comme prévu, pour le chercher à la sortie de l'école.

Après son départ chaque jour elle avait pensé à lui tendrement. Puis le temps avait passé. La mémoire de leur communion d'une nuit avait pris petit à petit une nouvelle densité, plus rêveuse, pour autant sa réalité n'avait pas disparu et l'évaporation due aux années et à la distance lui avait procuré une autre propriété. Comme le séchage apporte au poisson la saveur supplémentaire de l'*umami*[1].

1. Au sucré, salé, acide et amer, les Japonais ajoutent une cinquième saveur essentielle : l'*umami*, qui signifie « délicieux ».

Ces derniers mois, quand la présence de Hajime s'était faite plus insistante, et qu'avait pris consistance l'éventualité d'un mariage, elle n'avait pas cherché à le comparer à Ryo. Par intuition, elle savait la vanité de mettre en balance leurs qualités respectives. Ils n'avaient rien en commun. La vie qu'elle parcourrait avec l'un ou avec l'autre serait différente ; le premier respirait le calme et la tranquillité, quand le second distillait la fougue et l'ardeur.

Selon les jours, les circonstances, elle apprécierait l'un plutôt que l'autre. Elle serait sans doute plus heureuse avec Ryo, mais elle se sentait capable de s'adapter aux deux, convaincue qu'elle pourrait vivre en ménage avec l'employé du bureau des pêches comme avec l'instituteur.

Elle avait eu tout le loisir d'y réfléchir.

De toute manière l'apparence de choix était trompeuse. Hajime était là, bien présent, quand Ryo brillait par son absence. Depuis le matin où il l'avait quittée elle n'avait eu aucune nouvelle de ce qui lui était advenu.

À observer la situation sous un angle pratique, Hajime était à même de comprendre les besoins liés au travail d'une *ama*. Il n'avait rien à découvrir puisque son emploi à la coopérative le rendait familier de tout ce qui concernait les plongeuses.

En revanche que connaissait-elle des opinions de Ryo quant à l'activité professionnelle d'une épouse ? Et quant aux conditions de travail d'une *ama* ?

Hajime était présent, solide, cordial, engageant. Elle lui avait dit oui à la fin d'un après-midi où il s'était décidé à prononcer les mots attendus : il était bien, il se sentait bien avec elle, il voulait la voir près de lui et pour longtemps dans sa vie.

En retour, elle avait gardé le silence, simplement incliné la tête. Et elle lui avait pris la main.

Il n'avait pas dit « je t'aime », il n'avait pas dit « toujours », mais on ne dit pas ces choses-là dans la vie, seulement dans les livres et les films occidentaux.

Du jour de son mariage, qu'on dit par axiome le plus beau de sa vie, elle se souviendrait surtout, quelques années après, de l'orage qui les avait fait se réfugier — les époux, leurs parents, les invités endimanchés, les enfants excités — sous la halle aux poissons de Toshi-chō, pour fuir le déluge qui avait surpris la noce sur le chemin du restaurant où le repas les attendait.

Une cinquantaine d'hommes et de femmes sur leur trente-et-un blottis durant de longues minutes entre les cuves débordantes ; les dames en kimono, les messieurs en costume sombre, le marié en *hakama* à rayures grises, tous posant d'un pied précautionneux *zori* ou chaussures neuves, empruntées pour l'occasion, dans les flaques d'eau de mer, au milieu du ballet des employés en tabliers noirs et bottes marron qui riaient, criaient attention, attention, en courant derrière un haveneau rempli de lourds poissons gigotants qu'ils transportaient d'une cuve à une autre.

La date du mariage avait été fixée par l'époux. Ce serait un jour *tomobiki*, un jour ni faste ni néfaste, un entre-deux, et en fait considéré comme plutôt accordé pour les relations avec autrui, a fortiori pour un mariage.

Par exception à la règle, le jeune couple ne s'installa pas chez les parents du marié. Yumi qui tenait à son indépendance avait mis en garde sitôt les épousailles annoncées. Trop de monde dans trop peu d'espace. À éviter.

Hajime avait dû plaider cette cause à laquelle il n'adhérait que du bout des lèvres, et la belle-famille avait fait à la nouvelle bru la faveur de sembler croire à la valeur de son argument.

Yumi avait vu tant de jeunes mariées soumises aux caprices d'une belle-sœur déjà dans la place, d'une belle-mère suspicieuse. Pas question qu'une garde-chiourme surveille ses moindres gestes, critique sa façon de cuire le riz ou de plier son futon.

Une minuscule maison se libérait à l'extrémité du port de Toshi-chō au fond d'un petit vallon creusé dans la montagne. C'est là qu'ils emménagèrent.

Un trou de souris, avait soupiré Momoyo, la belle-mère, qui s'en désolait pour son fils.

Tout le monde attendait que Yumi montrât autant de considération à l'égard de sa belle-famille qu'envers la sienne. Elle avait joué le jeu. Ses deux beaux-frères semblèrent plus intéressés par ses mouvements, la souplesse de ses formes sous le *yukata* des soirs d'été, la grâce de sa nuque débordant du kimono des jours de fête, que par son comportement au sein de sa belle-famille.

Les deux belles-sœurs ne lui témoignèrent aucune sympathie, offusquées qu'elle échappe au toit familial.

Le mariage du cadet, salarié en col blanc, avec une femme de la mer à la peau brunie, une *ama*, métier réputé exercé par des femmes libres — de leurs gestes, de leurs paroles et sans doute de leurs pensées —, constituait pour le clan Tanimoto une forme de mésalliance. On désapprouvait l'irruption d'une personne aussi dissemblable.

On ne l'exprimait pas, on ne le manifestait pas devant le nouveau couple, par respect pour Hajime. Mais, en l'absence de l'époux, on savait le faire comprendre à Yumi.

L'ouverture de la saison de pêche 1947 pour les ormeaux fut fixée au 15 avril. En mai, Yumi se trouva être la déléguée des *ama* au comité de la coopérative.

La fin du printemps fut endeuillée par un drame. Une *ama funado* remontée à la surface par son mari à l'aide de la poulie qui relevait la corde attachée à sa ceinture ne sortit pas aussitôt la tête hors de l'eau comme d'habitude. L'homme la hissa dans la barque à la force des bras. Elle était évanouie. Il ne put la ranimer.

Ce malheur causa la consternation dans la communauté de l'île.

Tout le monde à Tōshijima était capable d'énumérer les risques qu'encouraient les *ama*. La corde qui s'emmêle aux algues, qui se coince sous une pierre, qui emprisonne une jambe ; le passage trop étroit où vous restez bloquée aux épaules ou aux hanches ; la panique à l'idée de rejeter de l'air pendant la plongée, ce qui déclencherait ipso facto la nécessité d'inspirer ; l'eau de mer qui vous emplit les narines, vous étouffe ; la sensation brusque de se trouver, par vingt mètres de fond, à la toute extrémité de son souffle… Sans parler des dangers du milieu : squales, poissons venimeux, etc.

Beaucoup des plongeuses avaient déjà frôlé la syncope au fond de la mer, oublieuses de la minute écoulée, concentrées à manier l'outil qui force l'ormeau.

Il arrivait que des *ama* soient remontées, sans connaissance, par leurs consœurs ou réapparaissent d'elles-mêmes à la surface inanimées. Secourues, par la suite elles en riaient, fières qu'on leur rappelle que, même inconscientes, elles n'avaient pas lâché leur crochet et que leurs doigts crispés retenaient l'ormeau récolté.

Mais ce jour-là dans la barque, encore attachée à sa corde, il y avait une victime. Yayoi Enokida, soixante-treize ans, qui vivait avec son époux dans un minuscule logis cerné de fleurs et d'herbes aromatiques, à Wagu.

Tout le monde connaissait Yayoi, c'était une *ama* hors pair, riche de cinquante-six ans de pratique.

À plusieurs reprises cette année, en rapportant sa pêche à la coopérative, elle avait fait part à des collègues de sa fatigue. Elle avait du mal à tenir le coup jusqu'au bout d'une série de plongées et elle devait vraiment se forcer pour supporter les séances prolongées dans l'eau froide.

Ces derniers mois, elle avait proposé à son mari d'écourter les sorties en mer. Il avait refusé, ce serait une trop grosse perte de revenu. Au contraire quand les fonds d'une journée de pêche se révélaient fructueux, il n'hésitait pas à lui demander de plonger encore quand les autres *ama* regagnaient la côte.

L'urne qui contenait les cendres de Yayoi fut inhumée dans la tombe de la famille Enokida.

Venue des trois villages de l'île, une véritable foule assista à la cérémonie.

Les femmes s'étaient massées en contrebas du petit cimetière, bruissant de conversations animées. À une certaine véhémence des gestes, on devinait qu'on s'indignait.

Les semaines suivantes, au pied de la stèle, des mains anonymes déposèrent des coquilles d'ormeau. Les coquilles finirent par former un petit monument votif, pyramide circulaire, consolidée avec soin, qui distinguait de loin la tombe.

Lors de la réunion qui suivit au comité de la coopérative, Yumi, seule femme dans cette assemblée d'une dizaine d'hommes, demanda la parole. Depuis qu'elle avait été à son tour désignée comme déléguée par les *ama*, c'était la première fois dans cette enceinte qu'elle s'exprimait sans qu'on l'ait sollicitée. Elle déplora la mort de Yayoi qui était un drame pour toutes les plongeuses. Chacun approuva de la tête. Elle ajouta que cette mort aurait pu être évitée. Aussitôt les regards se tournèrent vers elle, incrédules, interrogateurs, vite inquiets.

Elle affirma que ce jour-là Yayoi ne voulait pas continuer de plonger, elle était épuisée. Et c'est son mari qui l'avait… Sur le point de dire « obligée à le faire », devant les regards fixes, les airs sévères, réprobateurs, elle tempéra son propos : c'est son mari qui avait tellement insisté !

Elle enchaîna : Les *ama funado* dépendent complètement de leur mari. Les bonshommes restent dans la barque, alors que leurs femmes prennent tous les risques. Au moins, les *ama kachido* sont libres et seules responsables de leur travail…

Le directeur de la coopérative, qui présidait la réunion, intervint. Ce n'était pas la question ; l'île était endeuillée par ce triste accident ; malheureusement — Yumi-*san* était bien placée pour le savoir — la pêche en apnée comporte de nombreux dangers ; depuis toujours les *ama* payaient un lourd tribut à leur métier ; tout le monde était sincèrement désolé de ce qui était arrivé.

Elle eut le dernier mot, répétant : C'est un accident qu'on aurait pu éviter. Et Yayoi serait encore parmi nous.

Le directeur ouvrit les mains dans un geste de découragement, il proposa de revenir aux sujets à l'ordre du jour.

La réputation de Yumi atteignit un sommet à la suite de cette réunion. Chez les *ama* de l'île elle prit la figure d'une véritable championne de leur cause ; elle avait dit les mots que toutes avaient sur le cœur et exprimé au grand jour la réalité de ce qu'elles ressentaient.

En revanche, aux yeux des hommes, salariés de la coopérative, pêcheurs, artisans, commerçants, retraités, elle figurait désormais le signe avant-coureur d'un danger. Elle remettait en cause l'ordre établi, bousculait les usages.

Hajime, aussitôt mis au courant, rentra mécontent et se répandit en reproches amers envers sa femme. C'était pourtant simple, on ne lui avait rien demandé, elle n'avait qu'une chose à faire : se taire.

Ce fut leur premier affrontement, elle ne céda pas.

Yumi vivait des heures grisantes entre les roches et les algues, dans la compagnie de tout ce qui se tient, passe, pousse ou s'agite au fond de la mer. Enfant, elle s'était tôt jetée dans les vagues, avait su nager la tête sous l'eau. Une fois décidée à vivre l'essentiel de son existence sous la surface de l'océan, elle avait pressenti que, dans cet espace éclairé d'une lumière aussi irréelle que si des milliers de lucioles y brûlaient en plein jour d'un feu grégeois, gisait une ivresse heureuse que les effleurements de la mer sur sa poitrine, son ventre, le long de son dos ne faisaient qu'annoncer et dont la plénitude féerique serait renouvelée, à chaque entrée dans le monde sous-marin, toute une vie.

Les bains dans les *onsen*[1], bouillonnant des eaux sorties chaudes des profondeurs de la terre, qui étaient considérés par tout un chacun autour d'elle comme un des plaisirs des jours, ne lui procuraient pas un bien-être pareil.

Plonger, c'était tout autre chose que s'immerger. C'était

1. Sources thermales.

résister à l'océan, tenir tête aux courants qui emportent, bousculent ; c'était aussi s'abandonner, se livrer aux veines de l'eau qui se lovent contre vous, aux tourbillons qui vous entraînent, aux nervures de la mer qui se frottent à vos épaules, à votre dos, puis s'évanouissent pour renaître ailleurs sur votre poitrine, sur l'intérieur de vos cuisses.

Elle restait parfois prisonnière de laminaires qui l'enserraient quelques secondes à la manière de lents serpents, mais elle s'échappait toujours, jamais captive, une bonne fois pour toutes affranchie. En un mot libre. Libre comme l'eau.

Se mouvoir dans ce fluide infini, presque sans poids, et pourtant qu'on sentait doté d'une capacité de prendre et relâcher était une volupté.

Dans ces instants, elle n'était plus seulement une jeune femme, une plongeuse, elle était un être de l'océan, une femme-de-la-mer. Née une seconde fois, dans ce milieu. Revenue à l'origine. Une créature à la fois terrestre et marine. Amphibie. Sirène.

À traquer l'ormeau, l'escargot turban, l'oursin, le concombre de mer, l'huître, à récolter les algues brunes, vertes ou rouges, elle éprouvait la joie d'exister autrement. De se sentir une, unique dans l'immensité, à sa place au sein de ce qui vit dans l'océan, cette troupe disparate et pourtant sœur qu'elle rejoignait chaque fois qu'elle traversait le miroir de la surface et descendait sous l'eau aussi simplement qu'on ouvre une porte.

Shifumi Shimazu, quatre-vingt-quatorze ans, continuait de fréquenter la cabane des *ama* et souvent elle appelait

Yumi à s'asseoir près d'elle lorsque les plongeuses remontaient pour une pause. Un jour elle lui glissa à l'oreille : Avec un soleil comme aujourd'hui, si je regarde la mer, j'entends une voix qui m'appelle, qui me secoue les puces : Mais qu'est-ce que t'attends, Shifumi ? Vas-y donc, ma vieille. Dépêche ! Plonge ! J'aimerais tellement, si tu savais, mais c'est plus mon tour. C'est à toi maintenant.

Pour ses cadettes, Shifumi était une statue vivante, échappée du jardin d'un sanctuaire ; elle était née à l'époque Edo et avait commencé son apprentissage de l'apnée la première année de l'ère Meiji, elle avait alors douze ans. C'était un livre d'histoire à elle seule.

Par-delà sa silhouette voûtée, les jeunes *ama* voyaient s'étendre la longue lignée des plongeuses qui les avaient précédées. Elles sortaient d'un temps dont l'immensité se confondait avec l'étendue de l'océan. Elles les imaginaient marcher vers le présent, un sourire énigmatique aux lèvres, puis s'en retourner, dans le même mouvement que la file des moines représentés sur les deux *kakemono*[1] disposés côte à côte sur un mur du local de la coopérative où des générations d'*ama* les avaient observés à chaque remise de leur pêche du jour : coiffés d'un même chapeau en forme de bolet, sur le *kakemono* de droite ils avançaient vers vous, sur celui de gauche ils s'en retournaient vous montrant le dos.

1. Le *kakemono* (littéralement « objet accroché ») désigne une peinture ou une calligraphie sur soie ou sur papier destinée à être accrochée sur un mur ou sur les mâts d'éclairage public.

Dans les derniers jours de septembre 1949, la radio annonça le passage d'un typhon. Chez les Kitayama on ne prenait jamais à la légère un avis de typhon, Yumi conservait le souvenir d'un typhon de son enfance, en septembre 1934, qui avait d'abord touché le pays par la préfecture de Kōchi, à Muroto. Ce fut le typhon le plus violent qu'elle ait vécu. Il avait causé la mort de trois mille personnes.

À Tōshijima, l'alerte donnée, tout le village prêta main-forte aux actions de prévention habituelles. On remonta les bateaux le plus loin possible sur le haut de côte ; dans les trois villages les pêcheurs et les habitants valides, aidés par les *ama*, s'activèrent à pousser chaque coque qu'on fit rouler sur des rondins, glissés sous l'étrave et récupérés à l'étambot. Le travail prit la journée entière et au soir les bateaux étaient au sec, serrés les uns contre les autres, certains empiétant à demi sur la route, telle une troupe de guerriers embusqués attendant l'ennemi.

Dans les maisons on rentra, en fonction de la place,

tout ce qui, à l'extérieur, était susceptible de s'envoler, en formant l'espoir que les toits et les murs tiendraient bon.

Le vapeur pour Toba avait stoppé ses rotations pour au moins quarante-huit heures. Tōshijima était isolée.

Tsukiko suivait à la radio demi-heure par demi-heure l'itinéraire du typhon et commentait les ravages causés ; à Shiharama le bas de la ville était inondé, et sur la grande plage d'énormes cavités avaient été creusées par les vagues qui arrachaient de gigantesques quantités de sable. Des dégâts majeurs étaient signalés à Kōya-san où l'on comptait des cèdres multicentenaires déracinés, des temples endommagés. Dans les gorges de Dorokyo, quinze personnes avaient été emportées par le flot furieux de la rivière Kitayama.

Le typhon se dirigeait maintenant vers Owase. À Tōshijima on fut soulagé de sa dérive vers l'est, ainsi le plus fort des vents balaierait le Pacifique à distance de la côte. Toutefois l'île, tout comme la région de Shima et la baie d'Ise, serait touchée par les pluies, et par des vents qu'on espérait moindres.

Les familles se calfeutrèrent dans les maisons. Beaucoup, qui ne possédaient pas de poste de radio, furent accueillies sous le toit d'un voisin plus favorisé et l'on vécut là, rassemblés, le temps de la tempête, partageant les repas et l'attente, à l'écoute des nouvelles. Les enfants couraient partout pour s'attrouper soudain dans un coin, surexcités dans leurs jeux par la sourde inquiétude des parents.

Le vent enflait de quart d'heure en quart d'heure, et toutes sortes de bruits singuliers se faisaient entendre.

De tous côtés cela sifflait, grondait, hurlait, frappait aux carreaux, la troupe des vents se jetait contre les portes, voulait ouvrir, arracher les volets. Tout était bon aux souffles fous pour s'engouffrer, crier d'impatience, menacer. Le moindre interstice, la fente entre deux planches, la bouche d'une gouttière, les branches et les feuilles, tout objet à portée, le vent furieux s'y attaquait, bousculait, soulevait haut pour mieux laisser retomber. Faute d'autres jouets il ravageait le sol, la poussière ne lui échappait, et encore, que noyée et devenue boue.

Tsukiko s'affairait dans la cuisine avec les femmes des maisons voisines pour préparer le repas en commun. Le poste de radio trônait dans la pièce de six tatamis, sur un meuble bas en bambou. Le fil torsadé de l'antenne descendait du plafond jusqu'à l'appareil, on aurait dit qu'une araignée, soucieuse d'alignement architectural, avait tissé sa toile en spires verticales.

Les voix sortant du poste variaient en puissance et en tonalité, par moments elles semblaient s'éloigner jusqu'à s'évanouir avant de resurgir rugissantes. Les sons, dans les intermèdes musicaux, étaient hachés tantôt de brefs silences, tantôt de brouhahas inexpliqués.

Une des voisines avait attendu en vain que son mari rentre de la guerre, elle venait d'apprendre qu'il avait disparu en Indochine quelque part près de la frontière laotienne. Elle espérait recevoir bientôt les papiers officiels qui la reconnaîtraient veuve.

Une autre avait retrouvé époux et fils, ce dernier rentré tôt, en décembre 1944, réformé pour troubles mentaux.

Depuis on ne le voyait pratiquement plus. Personne dans le quartier ne se hasardait à demander de ses nouvelles.

À l'annonce du typhon il était resté cloîtré dans la maison familiale et sa mère tout à l'heure filerait à l'anglaise, sans mot dire, en plein milieu du déluge, pour lui apporter à manger.

Au-dehors la nature avait partout repris ses droits, elle régnait en maître sur l'île. Hors des maisons, aucun humain. Seuls le vent et le rideau tapageur de la pluie.

Les corbeaux s'étaient tus et cette nuit-là aucun grillon ne prendrait la relève.

Tsukiko raconta aux enfants son bonheur de petite fille avec la minuscule cage de bambou qu'une tante lui avait offerte pour ses huit ans. Une cage qui emprisonnait deux *suzumushi* qu'elle avait gardés vivants six mois, les nourrissant d'herbes mouillées et d'un peu de farine de riz. C'était un véritable concert près de son oreiller toutes les nuits. Ça ne l'empêchait pas de dormir comme un loir. Son père, si, que ce bruit strident dérangeait, et il tempêtait dans son coin.

Après le dîner, deux familles se jetèrent sous le déluge pour regagner leur logis, à une ruelle de là. La troisième, plus éloignée, demeura. On étendit les futons les uns à côté des autres. Les enfants tête-bêche sur un même futon. Dans le noir il y eut des gloussements, des rires étouffés, des protestations, des coups de pied sous la couette. Une voix d'homme gronda.

Mais bientôt, pour répondre aux mugissements du vent, un concert de ronflements s'éleva dans la pièce, que les frottements des feuillages agités contre les murs de bois, le craquement des membrures de la charpente, et, sous les rafales, le staccato violent des volets ne suffisaient pas à couvrir.

Dans leur maison exiguë, Yumi et Hajime s'étaient endormis très tard. Hajime s'inquiétait des dommages éventuels sur les radeaux d'élevage des huîtres dans la baie d'Ago — un de ses amis en faisait profession — et il redoutait à Tōshijima la destruction des jeunes pousses de *nori*, qu'on venait juste de déplacer en pleine mer, accrochés à des rangées de bouées. La culture de l'algue *nori* en était à ses balbutiements ; sur le quai, des semaines de soin avaient consisté à surveiller, comme le lait sur le feu, le développement des embryons dans des bassins vaguement protégés de la pluie comme du soleil, pour favoriser leur fixation sur les coquilles d'huîtres suspendues à des bambous.

Yumi, réveillée avant l'aube, contempla les lents mouvements des *fusuma*[1] en papier huilé que le vent passant sous la porte faisait onduler sur leur cadre. Leurs ombres blanches se gonflaient puis refluaient doucement dans l'obscurité comme sous la respiration de fantômes.

1. Panneaux coulissants en papier ou en toile sur un cadre de bois, servant de porte et de cloison ; le papier du *fusuma* est opaque quand celui du *shoji* est translucide.

Le lendemain la mer encore déchaînée interdisait toute sortie du port. Et la pluie ne faiblissait pas. Couvert d'un imperméable vert sombre doté d'une haute capuche, Hajime se rendit à son travail.

Les bateaux sur la grève de Toshi-chō avaient tenu le choc. L'océan monté très haut en milieu de nuit avait touché les coques, soulevé quelques barques, et renversé celles qui étaient aux extrémités de la rangée. Couché sur des rochers, un seul bateau affichait un bordage endommagé.

Le port de Wagu avait été davantage atteint ; trois barques restées à l'eau gisaient sur la côte, amarres arrachées, coques fracassées, au milieu des algues.

La radio continuait de lancer des alertes à destination des populations de la préfecture de Kanagawa, au nord-est, et mettait en garde contre de possibles inondations à Hiratsuka.

Yumi mit à profit la journée pour ranger et faire le ménage dans la maison.

Quand ils avaient emménagé, Hajime était allé recueillir

un peu de vase, faute du charbon de bois traditionnel, qu'il avait mélangée à un fond de pierre d'encre pour tracer sur la façade extérieure le chiffre huit (*hachi*), entouré d'un cercle (*maru*). L'ensemble (*maruhachi*) constituait un talisman auquel les habitants de l'île étaient très attachés car il favorisait les bonnes captures à la pêche et surtout tenait le malheur éloigné de la maison.

Les intempéries avaient depuis longtemps délavé cette marque porte-bonheur, et les pluies de la dernière nuit avaient achevé de la faire complètement disparaître. Fallait-il y voir un signe ?

À leur foyer, pas d'autel des ancêtres puisque leur couple formait la première génération de la famille à habiter ce domicile.

Elle songea à ses défunts, et aussi à ses parents et à son frère qui ne vivaient qu'à quelques centaines de mètres, et qui lui manquaient. Elle s'arrêta devant le *tokonoma*. Elle alla chercher une petite lampe à huile dont elle enflamma la mèche avant de la déposer à côté du vase de fleurs séchées, devant le rouleau de calligraphie suspendu au mur représentant le flanc d'une montagne où des pins se penchaient au-dessus du vide telles des mains tendues vers le ciel.

Elle ne savait trop pourquoi elle allumait cette lampe, ce geste était destiné aux siens, et cette invocation, saugrenue dans la maison, lui apporta de l'apaisement. Elle éteindrait la lampe et la rangerait avant le retour de Hajime.

Puisqu'elle avait du temps et que, par une chance extraordinaire, elle avait réussi à se procurer un peu de farine de fougère et de la poudre de soja grillé, elle décida de confectionner un *wara mochi,* le gâteau qu'elle avait mangé aux jours de fête toute son enfance et qui est une spécialité du Kansai.

Quand elle le sortit du four, elle en goûta sur-le-champ un morceau. C'était toujours aussi délicieux. Elle en mit de côté les trois quarts pour son mari, ce serait une surprise.

Hajime rentra au soir, affligé. Les installations du port et de la coopérative avaient souffert, on relevait même de la casse dans les bureaux.

Il avala le *wara mochi* sans un mot.

Voilà quatre ans que l'existence avait recouvré plus ou moins un cours normal. La centaine de citadins réfugiés dans l'île chez un membre de leur famille depuis les bombardements de 1944 étaient repartis chez eux. On s'interrogea sur ce qu'ils retrouveraient de leur habitation ; chacun avait vu dans un journal les photos de villes complètement détruites, les quartiers entiers brûlés dont il ne restait que la pierre des rues.

Les collégiennes arrivées avec leurs enseignants et qui au printemps 1945 se préparaient à l'invasion de l'ennemi en apprenant à lancer des pierres sur des cibles et, entretemps, aidaient à l'entretien des jardins ou écrivaient des lettres de soutien à envoyer aux soldats, avaient été récupérées par leurs parents ou avaient retrouvé un frère, une sœur aînée. Dans la cohorte des orphelines, seules celles qui possédaient encore une parentèle, grand-oncle, cousine éloignée, eurent la satisfaction d'être recueillies dans un vrai logis.

Tōshijima avait été épargnée par le feu des combats,

mais combien de maris, de fils n'avaient pas repris leur place dans la petite maison de bois, près du *kotatsu* ? Et combien — cela souvent restait invisible — étaient revenus meurtris, dans leur corps ou leur esprit ?

Montrer sa misère, exposer sa peine ou ses angoisses serait contribuer à afficher plus fort la défaite, aussi chaque famille s'efforça de dissimuler ses difficultés, dans une tentative d'occulter la détresse de tous qui soulignerait plus encore l'effondrement du pays.

Tsukiko et Yumi n'avaient jamais cessé de pratiquer leur métier, plus souvent perturbé par la météo, les typhons, l'océan agité, et les divers tracas du quotidien, que par les événements nationaux ou mondiaux.

Les courants du Pacifique continuaient de charrier sur les côtes Est de la péninsule de Kii les nutriments qui favorisaient la reproduction des micro-organismes dont se repaissent les mollusques et les algues.

Les ormeaux étaient encore nombreux et toute *ama* forte d'une bonne expérience en tirait un revenu très confortable. Yumi, en pleine possession de son métier, se faisait remarquer à la coopérative pour ses captures. Tsukiko recevait avec fierté les félicitations de chacun quant au travail de sa fille.

Rien ne s'en laissait encore percevoir ici, mais sur d'autres rivages pas si lointains, la pollution industrielle empoisonnait déjà une partie des eaux. Sur la côte Ouest du Kyūshū ouverte sur la mer du Japon, les fonds et les eaux de la baie de Minamata accumulaient en silence depuis plus de quinze ans des métaux lourds, dont du mercure, que poissons et mollusques absorbaient jour après jour.

L'entreprise chimique à l'origine de ces discrets déversements appartenait au groupe Shin Nippon Chisso, une entreprise donnée en exemple pour son succès économique.

En 1949, les premiers cas d'une affection bizarre, un syndrome qui n'était pas identifié et qu'on appellerait par la suite « maladie de Minamata », furent recensés chez les pêcheurs de la baie. Ils souffraient de dérèglements neurologiques, sensoriels et moteurs. Mais déjà, bien avant cette date, les chats du port de Minamata offraient une attraction que l'office du tourisme local n'avait pas valorisé à son juste niveau de curiosité : devenus fous, les chats se jetaient, griffes hérissées, depuis le haut des quais dans la mer.

Florissante, l'usine pétrochimique figura, pour des années encore, un modèle à suivre, on l'admirait d'avoir su traverser les années de guerre sans jamais cesser sa production.

Ce fut une surprise. En premier lieu pour elle. Au printemps 1955, Yumi découvrit qu'elle était enceinte. Depuis leur mariage, neuf ans auparavant, les époux avaient fait l'amour à leur gré, sans précaution, selon un rythme tranquille — sans doute plus fréquent toutefois que les couples de leur voisinage, car ils disposaient d'un chez-soi, donc d'une intimité dont la plupart (au sein d'une habitation où deux ou trois générations se tiennent sous le même toit, dans une maison aux cloisons de papier) se voyaient privés.

Ils ne s'étaient jamais préoccupés du possible résultat de leurs ébats. Au début, Yumi n'y pensait même pas. Puis lorsque sa mère lui demanda avec constance des nouvelles de sa santé, elle saisit le sens de la question : Tsukiko espérait la venue d'une petite-fille, d'un petit-fils.

L'absence de fruit consécutif à leurs plaisirs finit par éveiller chez Yumi la crainte diffuse qu'elle ne puisse enfanter. Était-elle stérile ? Ou Hajime ? Alors que tant d'autres femmes (et les murs de bambous et de toile de l'*amagoya* en résonnaient souvent) se désolaient de tomber enceintes trop facilement.

Depuis des siècles au Japon l'avortement était dans les mœurs, c'était une conduite courante. Dans la culture nipponne, la vie ne commence qu'au moment de la naissance. Et l'infanticide même s'était pratiqué de longue date ; le mot japonais qui le désigne, *mabiki,* renvoie à l'idée, somme toute positive, d'« éclaircir des plants ».

La gestation enfin confirmée, Yumi se vit comblée, radieuse. Elle fut rayonnante tout au long de sa grossesse ; elle continua de plonger comme à l'ordinaire tout l'été et jusqu'aux premiers jours de l'automne. Quand son ventre afficha la proximité de sa délivrance, dans le groupe des *ama,* il y avait toujours une collègue pour venir la chercher à sa porte, l'aider à porter son matériel, et ramener sa pêche. Elle protestait pour la forme.

Le 27 septembre au matin elle ne se sentit pas le courage, trop fatiguée, d'aller à la mer. La sage-femme, alertée, se présenta dans l'après-midi et, peu après minuit, donc à l'aube du 28 septembre, Yumi accoucha d'un bébé. C'était une fille.

Hajime se déclara content. Il ne faisait aucun doute qu'il aurait préféré un garçon.

Yumi décida du prénom de l'enfant : ce serait Misaki. Ce prénom englobait l'idée de fleur et d'arbre.

Trois semaines plus tard, elle recommença de plonger. Une voisine, femme au foyer qui élevait deux enfants en bas âge, s'occupa les premiers mois du bébé et Momoyo, la grand-mère paternelle, prit ensuite le relais. Tsukiko envisageait de réduire ses jours de plongée, elle pourrait alors garder la petite.

Misaki ouvrit les yeux dans un pays en plein bouleversement. Au Japon, l'année 1955 marquait un tournant dans l'après-guerre. La croissance économique battait des records, la société, comme dans les grands pays développés, s'apprêtait à se ruer, en somnambule qui ne sait pas qu'il marche au bord d'un précipice, dans la consommation de masse. En politique, les anciennes forces conservatrices fusionnèrent dans un nouveau parti déjà vieux avant d'être né, le PLD. Sa première action fut de mettre en place un système conçu avant tout pour verrouiller l'installation de la droite au pouvoir. Dès lors tout lui serait permis. Comme d'accueillir à bras ouverts des hommes fraîchement accusés de crimes de guerre, dont Kishi Nobosuke, propulsé Premier ministre en 1957.

L'occupant avait suspendu l'enseignement de l'histoire dans l'archipel en attente de la rédaction d'un nouveau manuel scolaire. À partir de septembre 1946, dans ce manuel révisé, les écoliers avaient appris, sous le titre *La marche du pays* (*Kuni no ayumi*), la chronique nationale revisitée selon les besoins tant de la classe politique au pouvoir que de l'armée américaine. En 1955, débarrassé des occupants, le gouvernement imposa de nouveaux critères de validation des manuels scolaires qui interdirent toute référence aux crimes de guerre de l'armée impériale.

L'année suivante, en décembre, le Japon était admis à l'ONU.

En une semaine, au mois de mai, Yumi pulvérisa son record de pêche, elle remonta soixante-quinze kilos d'ormeaux. L'année 1958 s'annonçait comme celle des records, la toute jeune Mio, nouvelle apprentie, qui ce printemps-là se consacrait aux huîtres, en une journée en récolta six cents.

Misaki avait fêté ses deux ans au mois de septembre précédent. Hormis sa naissance aucun événement mémorable n'avait marqué le couple que formaient ses parents, cependant leur entente qui jusque-là se manifestait, comme il était d'usage, dans la discrétion, s'était secrètement distendue.

Yumi et Hajime s'étaient mis à vivre, bien qu'ensemble, chacun de son côté.

Marié, Hajime avait à peine modifié sa manière de se conduire ; il avait continué de passer l'essentiel de son temps après le travail dans un des minuscules cafés de Toshi-chō ou de Wagu. Il y retrouvait ses collègues de la coopérative. La naissance de l'enfant, loin de modérer cette habitude, sembla l'avoir renforcée. Yumi se retrouvait le plus souvent seule en fin de journée dans leur petite maison. Elle faisait manger Misaki, puis couchait l'enfant avant de prendre son propre repas.

Des mois, des années passèrent ainsi avant que Yumi ne s'avisât que ce n'était pas la vie qu'elle s'était représentée à son mariage. Mais de fait, elle n'avait jamais attendu de Hajime qu'il lui fournisse matière à rêver.

Elle attachait peu d'importance au nombre des soirs ou des matins (et la libido au réveil, c'était plutôt le genre de l'époux — alors qu'elle préférait le soir) où il rendait visite au futon de sa femme. Ces occasions s'étaient au fil du temps raréfiées, mais elle n'y avait pas prêté sérieusement attention.

Depuis son mariage, sans récriminer, elle avait rempli son rôle, attendu le retour au nid de l'époux, patienté debout sur le tatami, les mains croisées sur le ventre, le temps qu'il enlève ses chaussures dans le vestibule — ce qui certains soirs semblait lui demander beaucoup de concentration. Alors il entrait, s'asseyait devant la table basse et attendait qu'elle lui serve les plats qu'elle avait tenus chauds. Une odeur de *sake* mêlée de bière doublait sa présence dans la pièce.

Les soirs où il était ivre plus qu'à l'ordinaire, elle le déshabillait et l'aidait à se coucher.

Cependant avec le temps elle finit par se lasser et désormais, quand il rentrait tard, Hajime trouvait l'épouse endormie. En réalité elle faisait semblant, mais il ne cherchait pas plus loin.

De cet accommodement implicite ils ne parlèrent pas. Il parut avoir admis que désormais chaque fois qu'il rentrait après l'heure du repas, il ne devait plus compter sur elle.

Elle supposa que, s'il avait faim, il avalait quelque chose sur place au café ou sur le chemin avant de retrouver la maison.

Il n'allumait pas. Dans le noir de la pièce elle l'entendait se dévêtir. Pour garder l'équilibre il s'appuyait de l'épaule au pilier de la porte pour enlever son pantalon. Enfin il se laissait choir sur son futon, parfois avec un juron pour s'être retrouvé à côté. Elle entendait le frottement vif de la couette qu'il ramenait sur lui et bientôt, poussant un long soupir, il était endormi. Très vite il ronflait.

Alors, lovée dans la chaleur de son *kakebuton*[1], les membres engourdis se délassant lentement des efforts de la journée, Yumi se laissait glisser dans le sommeil. Un court instant elle trouvait assez d'énergie pour repousser dans l'ombre le fantôme gris de ses pensées revenu la hanter. Soucis et contrariétés tournoyaient un instant dans l'obscurité de la pièce puis finissaient par filtrer au-travers de la cloison opaque des *fusuma* et disparaître.

Elle les retrouvait, intacts, à son réveil.

Cependant l'atmosphère de la maison aux petites heures de l'aube restait placide. Hajime et Yumi prenaient le petit-déjeuner en silence. Il avait rallumé le feu, l'eau pour le thé chuintait doucement. Il se servait, puis il emplissait le bol de Yumi.

1. Couette matelassée qui couvre ce qu'on appelle en français le futon ; au Japon *futon* désigne l'ensemble de la literie : la couette (*kakebuton*), le matelas (*shikibuton*) et l'oreiller (*makura*).

Il buvait son thé à larges goulées, elle à petites gorgées et en relevant la tête pour avaler, à la manière des oiseaux. Et peu après, chacun s'en allait au travail. Hajime en premier.

Elle se fit la réflexion qu'écouter de la musique, entendre les nouvelles rendrait moins pénible ce moment. Elle se souvenait des instants passés avec sa mère à préparer le repas dans la cuisine tout en fredonnant en chœur une chanson à la mode qui sortait du poste de radio dans la pièce principale.

Elle avait vu de la réclame pour les tout premiers postes à transistor. Elle allait en acheter un.

En chemin pour rejoindre l'*amagoya*, et alors qu'elle quittait la route de Wagu pour suivre la côte, elle réfléchissait de nouveau à son sort. Deux jours plus tôt Hajime était rentré par exception directement après son travail, il avait apporté des ignames et les lui avait tendus à deux mains sans rien dire, le regard en dessous, comme un amoureux timide offrirait un bouquet de fleurs. Elle y lut plutôt une intention sournoise.

Un dimanche du mois précédent, comme elle débarrassait la table, à son habitude, puis lavait les coupelles dans l'évier il s'était approché : Tu veux que j'essuie ? Cette fois il arborait un sourire benêt. Elle avait fait non de la tête. Et elle avait eu du mal à cacher une envie de rire.

Elle se disait que son lot n'était pas si singulier, la totalité des femmes de sa connaissance vivaient sous la même étoile. Pourquoi aujourd'hui n'arrivait-elle pas à s'en accommoder comme les autres ?

Enfant, elle n'avait pas connu ce genre de situation, Izuho rentrait à la maison, sa pêche une fois débarquée et il s'absentait rarement le soir, en cela il différait de la plupart des voisins qui ne s'en revenaient que mis à la porte, à la fermeture des bars du village.

Pour tout le monde ce comportement était le mode de vie naturel des hommes. Très jeunes, filles et garçons avaient sous les yeux la règle de conduite de l'un et l'autre époux.

À l'extérieur, l'homme parlait et décidait au nom de la famille — il était à l'image de Ryujin, le *kami* de la mer représenté en dragon les jours de fête : celui qui portait la tête conduisait mouvements et déplacements tandis que les assistants chargés de faire marcher le long corps étaient forcés de suivre à l'aveugle.

L'épouse régnait à l'intérieur de la maison.

Chaque fois qu'elle examinait son présent, Yumi lui découvrait des couleurs changeantes ; certains jours il n'exposait que de la résignation, à d'autres il déployait une forme de quiétude. Le plus souvent elle vivait les heures comme sous un armistice qui ne disait pas son nom. Sans que la paix fût signée, cela pouvait durer longtemps. Peut-être toute une existence.

Parfois elle caressait l'espoir qu'il pourrait se produire un incident, un rien, dans sa vie, et qui suffirait à tout bousculer. Elle le souhaitait sans y croire.

Pourtant le grain de sable qui finirait par enrayer la machine se présenta un matin de l'été 1958. Au moment où la silhouette de Yumi s'encadra sur le seuil de la hutte des *ama*, les discussions en cours s'éteignirent d'un coup comme une bougie soufflée par l'assistance.

Un ange passa, puis les échanges reprirent. La conversation avait changé de sujet. Yumi s'en fit la remarque sans y prêter autrement attention.

La seconde fois que ses collègues se turent à son arrivée, elle s'inquiéta. De quoi donc parlaient-elles ?

Yumi n'était pas la déléguée du moment au comité de la coopérative, s'agissait-il d'autre chose que du métier, d'un événement qu'on voulait lui cacher ?

Cependant l'attitude générale de ses collègues n'avait pas changé à son égard et tout au long de la journée, de la première plongée jusqu'au soir où l'on apportait sa pêche au bureau du port, elles riaient, plaisantaient avec elle, toujours aussi amicales et joueuses.

Elle se fit plus attentive.

Pouvait-elle demander de l'aide, voire partager son inquiétude diffuse ? Mais auprès de qui ? Elle hésitait à confier son malaise à Yuna, mère de famille elle aussi. Et puis les relations dans un couple étaient chose intime. De l'extérieur, de toute façon, personne n'y pourrait rien.

Elle écarta d'emblée l'idée d'aborder le sujet avec sa mère, pas question de lui avouer ses tourments.

Un soir de la semaine suivante, comme le groupe des *ama* s'en revenait selon l'habitude pour porter le produit de la pêche à la coopérative, à mi-chemin Kazue déclara avoir besoin de faire une pause. Elle demanda à Yumi de rester lui tenir compagnie. Les autres plongeuses continuèrent de gravir la côte.

Yumi s'assit près de Kazue sur une roche plate qui servait de banc de repos aux vieilles femmes qu'on rencontrait tout le jour affairées à transporter sacs de nourriture, cageots, objets de toutes sortes, souvent sur un petit chariot. Cet endroit sous les arbres, abrité du soleil, se trouvait à mi-distance entre les rivages de Wagu et la coopérative de Toshi-chō.

Kazue posa le regard sur sa protégée et lentement s'enquit de ce qui la tracassait.

Yumi comprit que cette halte n'était pas due à la fatigue de l'aînée. Pourtant elle hésitait. Puis elle se jeta à l'eau. Elle avoua ses préoccupations, sur la vie de son couple, sur ses relations avec son mari. Elle s'étonna des brusques silences des *ama* quand elle les rejoignait dans la hutte.

Kazue hochait lentement la tête. Elle accentua le mouvement pour saluer une femme qui remontait la rue sur l'autre côté, un enfant à chaque main.

L'attention de Yumi se concentra sur les rides en éventail au coin des yeux de Kazue, sur les plis du front, aux commissures de la bouche. On devinait que la peau restait douce, tannée par le sel et les vents. Une peau de parchemin, presque translucide.

Un air de bienveillance, une attention chaleureuse habitait ce beau visage, l'illuminait de l'intérieur. Elle songea à la lumière pâle, émergeant des lanternes de pierre tapies sous les mousses, dans les allées des sanctuaires.

Un demi-jour les enveloppait, propice à la réflexion, au face-à-face avec soi-même, aux confidences.

Tu peux tout me dire, Yumi-*chan*. Tu es comme ma fille, tu sais bien, souffla Kazue.

Elle ajouta : Et je ne suis pas ta mère, ce qui facilite peut-être les choses…

Oui, Kazue était sa seconde maman, et avec un avantage, songeait Yumi. Elle ne craignait pas son jugement.

Un détail surgit, prit forme, qui n'avait pas encore trouvé de signification dans son esprit. Et c'est par là qu'elle commença.

À certains de ses retours nocturnes, Hajime ne sentait pas la bière ou le *sake* comme les autres soirs, et comme les hommes après boire. Il dégageait à ces retours-là un relent de sueur mêlé à quelque chose d'autre. Elle ne savait quoi.

Une odeur de parfum ? suggéra la vieille femme.

Et comme si le mot une fois lâché avait révélé l'essentiel, et qu'elle pouvait poursuivre sans plus de précaution, elle alla droit au but : Tu t'en doutes peut-être, ton mari a une maîtresse.

Froid glacial, comme si l'eau de mer de janvier avait brutalement remplacé le sang en ses veines. La vérité se tenait devant elle.

Des soupçons l'avaient traversée, mais elle n'y avait pas cru, elle n'aurait su dire pourquoi.

La révélation restait brutale.

Kazue posa le bras autour des épaules de sa protégée. Peut-être qu'après tout ce n'est pas si grave. Ce sont les bonshommes. Hier les concubines, aujourd'hui la maîtresse. Dès qu'ils ont un peu d'influence, de responsabilités, c'est comme une marque de leur importance. Un signe de réussite, de même que les riches s'achètent une grosse voiture.

D'ailleurs l'entourage au travail le considérait de cette façon : ça faisait partie des à-côtés, des avantages de la fonction du chef. En général ils ne se cachaient pas de cela envers leurs collègues, au contraire.

Mais il y a une différence avec l'ancien temps, ajoutait Kazue, de nos jours, vis-à-vis de leur famille, leur femme, leurs enfants, ils préfèrent tout dissimuler de la chose.

Je sais qu'à toi je pouvais le dire, murmura-t-elle. Je te connais bien, Yumi-*chan*. Tu es solide. Tu es forte.

Elle avait la voix grave, enrouée, c'était souvent le cas après une vie de plongées. Une voix rauque et des problèmes d'oreille, c'était le prix à payer.

Elle lui passa la main sur les cheveux.

Quoi que tu fasses, chez nous — Yumi comprit : chez les *ama* — personne ne te donnera tort. Nous serons de ton côté.

Une question brûlait les lèvres de Yumi, elle la laissa s'échapper : Qui est la femme ?

Une qui travaille à la coopérative, murmura Kazue.

Yumi savait que la coopérative employait cinq femmes, dont deux célibataires.

Kazue ne lui donnerait pas le nom. Aussi, elle se garda de le demander.

Noboru avait séjourné en Chine vingt-deux mois. Il avait coudoyé la sauvagerie qui accompagnait l'avancée de l'armée, il l'avait vécue de force, témoin des atrocités. À l'issue de cette période, une petite partie de son unité fut relevée et ramenée au Japon — il ne savait pas pourquoi, et il n'avait pas cherché à comprendre. Trop content de compter au nombre de ceux qui reprenaient le bateau.

Une fois en mer on avait livré aux hommes leur destination : Hiroshima. Un soldat originaire de la région s'était empressé de décrire à Noboru ce qui les attendait : ils allaient se la couler douce sur les bords de la rivière Ōta, et se goinfrer d'*okonomiyaki*, cette crêpe grandiose garnie au choix de viande, de poisson, de fruits de mer et de chou.

C'est ainsi qu'en novembre 1944 Noboru avait débarqué à Hatsukaichi dans un cantonnement établi à une quinzaine de kilomètres à l'ouest de la ville de Hiroshima.

En comparaison avec la Chine, les mois passés au camp, sur les bords de la mer intérieure, lui parurent idylliques. Le quotidien s'y déroulait au rythme d'exercices sans danger. Il avait été désigné pour assister Yoshiya, un étudiant de l'université Tōdai, qui supervisait la formation des civils.

Tous deux avaient entraîné des groupes de volontaires (des femmes et des enfants) à se battre, au cas où l'ennemi débarquerait près de chez eux. Leurs armes : des bambous taillés en pointe, des pierres. Des heures aussi à répéter, pour obtenir que tous, à l'appel de leur nom, répondent présent au quart de tour. Des heures à les faire manœuvrer, pour se mettre en rangs impeccables, et marcher au pas cadencé.

Tout ce monde se préparait à la grande bataille qui sauverait le pays.

L'année précédente, pour ceux qui n'étaient pas mobilisables (femmes et collégiens), la consigne de travailler dans les usines manquant de main-d'œuvre s'était durcie et les rares récalcitrants avaient été contraints de s'y plier par la force.

Au dernier trimestre 1944, les autorités avaient enjoint aux civils de vendre leur or et leurs pierres précieuses au profit de l'armée. Au cas où ils pourraient être utiles aux militaires, partout les grands chiens furent réquisitionnés.

La proximité de Noboru avec l'étudiant Yoshiya s'était rapidement muée en amitié. Leur conversation reprenait dès qu'ils disposaient d'un moment de répit, et dans ces échanges c'était surtout l'étudiant qui s'exprimait. Noboru buvait ses paroles, elles lui ouvraient une porte, dont il n'avait pas idée jusque-là, sur les arrière-cours et les coulisses du monde.

Il avait rarement eu l'occasion ni vraiment pris le temps de réfléchir. À Tōshijima, les heures de marée, les lieux où localiser le poisson, les prix de vente à la criée, les cafés où boire le *sake* et manger un tofu chaud en compagnie des garçons de son âge, les sauts à Toba, opportunité de détente et de rencontre avec des filles, suffisaient à lui occuper l'esprit.

Voici que Yoshiya lui dévoilait jour après jour un autre Japon, et cette nation tant aimée lui apparaissait transfigurée. Défigurée de fait. Elle arborait des traits de cauchemar. Il aurait aimé se réveiller, retrouver intact le pays où il était né.

Yoshiya réordonnait la ronde macabre des événements, depuis l'invasion de la Mandchourie, treize ans plus tôt, jusqu'à la situation présente.

Il déployait ce panorama morceau par morceau, scène par scène, à l'instar d'un *emaki*[1] qu'il aurait déroulé sous leurs yeux en repoussant toujours plus loin, de la main, le rouleau de papier.

Surgissaient des images ici peintes, là gravées à l'eau-forte. Des mystères, des péripéties familières. Toute une fresque qui se révélait petit à petit.

Les événements se dressaient dénudés, dépouillés de l'habit officiel qui les avaient travestis.

Noboru engrangeait tout, détail après détail. C'était une récolte qui lui était offerte sans qu'il ait manié la faucille.

1. Rouleau peint, de papier ou de soie, combinant calligraphies et illustrations, qui développe sur plusieurs mètres une histoire romanesque, épique, etc.

Des poissons disponibles sans avoir à lancer ses lignes ou ses filets.

Sur le coup il n'en perçut pas la richesse. Trop de voiles levés en même temps sur des épisodes inédits, trop de rôles en décalage total avec les personnages qu'il croyait connaître, trop d'analyses contredisant ses modes de pensée habituels.

Il en restait désarçonné, égaré. Il ne savait plus que regarder, que croire. En qui avoir confiance.

De retour à Tōshijima, il s'avisa qu'il était maintenant rompu à considérer les années de guerre sous ce nouvel éclairage. Et capable d'appréhender les faits, débarrassés des reliefs en trompe-l'œil de la propagande.

Mais pour trouver la force d'en parler autour de lui, il lui faudrait encore du temps. Tout cela remettrait en question chez ceux qui l'écouteraient tellement de certitudes, de convictions, de croyances même. Que de chemin ils devraient parcourir ! Pas sûr qu'ils acceptent de s'y engager, ne serait-ce que d'y poser le pied.

Par ailleurs, la façon dont la radio et les journaux, désormais aux mains des occupants américains, rendaient compte de ce qui se passait au quotidien le rendait méfiant. S'ils évoquaient des réalités d'hier ils ne conservaient, révisées, que celles qui servaient leurs intérêts d'aujourd'hui.

Pendant toute cette période Yumi s'était gardée d'interroger son frère malgré les questions qui la taraudaient.

Tsukiko, de son côté, avait respecté le mutisme de son fils. D'ailleurs il n'avait jamais été très bavard.

Et quand le père rentra, au milieu du mois de novembre 1945, ce fut lui qu'on écouta, lui qui raconta par bribes successives « sa » guerre, les précautions, les coups durs, et surtout les péripéties, espoirs et embarras qui avaient rythmé son quotidien de soldat. On l'avait imaginé mobilisé dans un port du Japon, on apprenait qu'il avait séjourné en Corée.

À certains signes imperceptibles Yumi pressentait qu'entre les discours émaillés de pittoresque de son père et la réalité de l'armée sur une terre colonisée se tenait un vaste fossé grouillant d'ombres errantes.

Les soirs où Hajime était dehors, Yumi avait maintenant, une fois l'enfant couchée, la présence de la radio. Elle y suivait des feuilletons, des émissions musicales. Depuis la guerre elle restait attentive aussi aux informations.

Noboru commençait d'évoquer ses années de soldat. Des années habillées de ses mots de marin-pêcheur. Des mots simples qui, jusque-là, avaient dit la vie au jour le jour à Toshi-chō, commenté la présence du poisson, le temps qu'il faisait, qui avaient accompagné les rires au café quand, entre hommes, ils cassaient du sucre sur le dos des filles, trahissaient le désir refoulé des filles.

Et ces mots maintenant brassaient des opinions, des affirmations qui leur donnaient une drôle d'allure. Yumi avait l'impression qu'ils échappaient à son grand frère, qu'ils prenaient une forme, un sens que lui-même découvrait après coup, une fois qu'ils étaient sortis de ses lèvres. Et il semblait le premier effaré de ce que ces mots attestaient, accusaient, dénonçaient.

Yumi nota la douleur qui lui tordait la bouche quand

en jaillissaient les images les plus brûlantes, témoins à vif de ce qui le hantait.

Certains jours elle ne le reconnaissait plus, et en même temps, sous ce qui était neuf chez lui (les idées et les opinions), elle retrouvait sa façon rien qu'à lui de reprendre son souffle, de tirer sur sa cigarette, de se racler la gorge. Non, il n'avait pas changé, il n'était pas devenu un autre. Pas tout à fait.

Souvent elle restait figée devant son récit, tel le spectateur du *kabuki*[1] vibrant aux changements à vue des scènes et des décors, fasciné par les révélations renouvelées de l'intrigue.

Mais elle n'était pas au théâtre. Les faits et les actes rapportés étaient trempés dans un sang qui ne s'effaçait pas — ainsi le sang toujours frais sur la clé du cabinet interdit de Barbe-Bleue.

Noboru se taisait par longs instants, reprenant son souffle, peut-être effrayé des silhouettes obscures qui traversaient, vacillantes, sa mémoire.

Elle aurait aimé le soulager en partageant sa détresse, son hébétude, son épouvante. Elle se sentait toujours aussi proche de lui. Pourtant, malgré ses efforts, elle demeurait étrangère à ce qu'il livrait.

À certaines heures elle voulait croire que c'était comme si les années n'avaient pas défilé. À côté des abominations

1. Forme du théâtre japonais traditionnel. Centré sur un jeu à la fois spectaculaire et codifié, il se distingue par le maquillage élaboré des acteurs et l'abondance de dispositifs scéniques destinés à souligner les paroxysmes et les retournements de la pièce.

de la guerre, une place restait disponible pour la douce quiétude de l'enfance. Une affection naïve, native, résidait là, toujours vivace entre eux deux, ou en tout cas elle était revenue. Aussi manifeste et fidèle que la marée.

La preuve, ils continuaient de s'appeler Grand frère, Dernière-née, comme hier.

Au fond de l'océan les courants sont moins visibles, mais aussi puissants qu'en surface. Une *ama* était bien placée pour le savoir.

Partout sous la mer le danger guettait. Sur une échelle de gravité, à mi-chemin entre les risques bénins d'écorchure sur les roches et les crocs d'un squale, on recensait la piqûre de certains poissons.

Yumi, comme la quasi-totalité de ses compagnes de travail, en avait fait l'expérience. Car, même avertie, il était difficile de repérer la proximité de certains poissons doués pour le camouflage, donc de leur échapper.

Cet après-midi-là, concentrée à détacher un ormeau récalcitrant, elle heurta violemment du bras un poisson présent contre la roche. La douleur explosa en ses chairs. Le coude, l'épaule ankylosés, vite elle remonta à l'air sans lâcher le butin de sa plongée.

Elle n'avait pas vu qui l'avait piquée, mais elle identifiait les élancements aigus qui s'associaient à la brûlure vive, car elle les avait déjà subis. Sûrement un *hime-okoze*[1], un poisson venimeux de la classe des poissons-pierres, les plus dangereux au monde. Un poisson qui a une prédilection pour les sites habituels des mollusques. Pour passer inaperçu il se couvre d'éclats de pierres et d'algues et, posté contre un rocher, il est indétectable.

Quand la piqûre infectait la main ou l'avant-bras, les *ama* confectionnaient un garrot. Et, de retour sur la grève, faisaient pipi ou versaient leur urine (censée contrecarrer l'engourdissement des muscles) sur l'endroit enflammé.

Dans la vie professionnelle d'une *ama*, il n'y avait pas d'autre choix que de s'aguerrir. S'endurcir contre les risques qu'on ne peut éviter, c'était la règle.

Yumi se souviendra d'avoir été piquée la veille d'un événement qui allait bouleverser de fond en comble son existence.

Remise de ses douleurs, elle plongeait au même endroit le lendemain quand un homme se présenta à l'heure du déjeuner devant l'entrée de l'*amagoya*. Un homme hâve, fatigué, dont les yeux brillaient comme d'une fièvre, dont les paroles se bousculaient dans sa hâte à les libérer.

Il paraissait tourmenté, en proie à une vive préoccupation. Les *ama* présentes finirent par saisir qu'il demandait simplement si Yumi travaillait ici et si elle était là aujourd'hui.

Oui, elle appartenait au groupe mais était encore en mer. S'il voulait bien patienter elle n'allait pas tarder.

1. Nom savant : *Minous monodactylus;* n'a pas de nom commun en français.

Peu après, comme deux *ama* sortaient de l'eau, à l'autre extrémité de la crique, encore méconnaissables depuis ce haut du rivage où il attendait, on vit l'homme se précipiter et courir comme un fou à leur rencontre.

Yumi vit la course de l'homme, elle saisit qu'il venait vers elle, pressentit qu'il n'était pas porteur de mauvaise nouvelle ni de maligne intention. Quelque chose en elle (elle dirait plus tard que son cœur avait été plus vif que son cerveau) l'avait identifié. Pourtant elle s'attendait si peu à le revoir, elle n'imaginait plus qu'il réapparaisse un jour.

Elle confierait à Yuna et Sumiyo : Dans le noir, et les yeux bandés, j'aurais su que c'était lui. Pourtant je ne l'avais, en tout et pour tout, rencontré que quelques heures à peine. Et une fois dans la brume, une fois dans la nuit.

Mais cette allure, cette voix, les traits de ce visage n'avaient jamais quitté son souvenir. Simplement la plupart du temps ils ne se dessinaient qu'en fond de scène de sa mémoire, c'était un paysage lointain et dans l'ombre que la lueur plus proche du quotidien empêchait de distinguer, de même que les lumières d'une ville occultent les étoiles.

Voilà que tout avait réapparu. Tout. Resurgi. Neuf. Intact.

Chaque fois qu'elle avait tourné vers lui ses pensées toutes les dernières années — et elle n'avait pas calculé le nombre de ses apparitions parce que leur fréquence, elle s'en doutait, l'aurait affolée —, elle avait éprouvé un vertige délicieux.

En même temps elle admettait que ce souvenir

appartenait à une époque révolue, et les mois, les années passant, elle avait fini par l'assimiler peu ou prou à un vêtement qu'on a adoré, qu'on ne porte plus, et dont on ne se résout cependant pas à se défaire. Avec le sentiment vague qu'un jour il pourrait resservir. Même si l'on est persuadé que ce jour ne viendra pas.

Yumi !

Ryo !

Dans la proximité de la petite troupe, ils ne purent échanger que des propos convenus. Il était resté là, à la contempler, tout le temps qu'elle mangeait son *bento*, elle avait insisté pour le partager avec lui mais il avait refusé, prétextant n'avoir pas faim. Ensuite il avait patienté tout l'après-midi, assis en retrait sur le sable, jusqu'à la fin des plongées. Alors, il se joignit à l'équipe des *ama* qu'il accompagna jusqu'à la coopérative en poussant tout au long du chemin le chariot de Yumi.

La situation amusait beaucoup les collègues qui étouffaient leurs rires — seulement à moitié.

Il profitait des rares occasions où avec Yumi il se trouvait brièvement en arrière ou à l'écart pour s'émerveiller à voix basse de ce bonheur qui lui était rendu.

Momoyo, femme au foyer, gardait la petite Misaki quand Yumi était au travail. Tsukiko avec l'âge avait réduit son activité et maintenant les deux grands-mères s'arrangeaient entre elles pour que chacune passe du temps avec l'enfant.

À la tombée du jour Yumi se présenta comme d'habitude à la maison des Tanimoto, et demanda cette fois à Momoyo si elle pouvait garder la petite pour la nuit ; elle s'excusa de n'avoir pu prévenir plus tôt, mais Hajime avait reçu une invitation à la dernière minute, et elle devait l'accompagner.

Yumi rentra à la maison vide. L'époux sans doute attablé dans un des bars du village. Ou occupé à ce qu'elle refusait d'imaginer. Cette nuit-là elle attendit de pied ferme son retour. Entretemps elle s'efforça de répertorier mentalement les arguments qu'elle lui opposerait. Pour se donner la force de s'y tenir, elle se répéta à voix haute les phrases qu'elle avait décidé de prononcer.

Le retour de Hajime fut tumultueux. Pris au dépourvu

par l'offensive, il regimba, rejeta tout en bloc. Il niait, se fermait, refusait d'entendre. Et quand elle lança qu'elle voulait le quitter, il haussa les épaules. Quand elle articula le mot « divorce », il ricana, méprisant : On ne divorce pas à Tōshijima !

Son état de semi-ivresse ne lui permettait pas de saisir à sa juste mesure la détermination de sa femme.

Le lendemain matin elle revint à la charge, il s'opposa à chacune de ses propositions. Il n'y avait rien à changer, tout continuerait comme avant. Il n'acceptait aucune autre solution. Elle était sa femme, lui son mari.

Elle partit pour la journée avec, comme d'habitude, ses accessoires de pêche sur son petit chariot.

À mi-chemin, près de l'école maternelle, Ryo guettait sa venue. Il expliqua qu'il s'installait dans l'île car il avait obtenu sa mutation comme instituteur à la nouvelle école élémentaire dont la construction venait de s'achever. Bientôt ils passèrent devant le bâtiment flambant neuf qui se dressait au tournant de la route juste avant les premières maisons de Wagu. Sur le côté, pour protéger la cour de récréation, la digue de terre qui bordait le rivage avait été renforcée ces dernières semaines par un haut mur de béton.

Elle songea un peu tristement que c'était là, devant cette digue de terre, puis de l'autre côté en contrebas sur la grève, qu'elle avait fait connaissance avec Hajime, là qu'ils s'étaient rencontrés la première fois, cornaqués par Mme Kodama. Le fil fragile que la marieuse s'occupait à tisser alors était devenu cette lourde corde qui l'entravait.

En même temps, elle ne pouvait étouffer le sentiment aujourd'hui douloureux que ce lieu avait été le témoin d'une vague et douce espérance. Là s'était esquissé le projet d'une union, et elle ne l'avait pas repoussé, elle l'avait regardé se déployer comme une part de ciel bleu écartant les nuages et elle l'avait accepté pour son horizon naturel. Sans alarme elle avait vu venir ce mariage. Prête à croire qu'il inaugurait un avenir paisible, éclairant.

Quand la désillusion avait commencé de décolorer leur relation (et cela ne datait pas de la veille) elle avait refusé de se dire qu'elle s'était laissée conduire vers Hajime au nom de la raison, sous le poids des convenances. Ce n'était pas tout à fait vrai, elle avait cru réellement à un bonheur possible, aussi avec lui.

Le bien-être des débuts était sans doute par nature condamné à se métamorphoser en routine, voire en lassitude. Mais la déconvenue n'aboutit pas forcément à la rupture. Autour d'elle elle avait dix exemples du contraire. Si Hajime avait continué d'y mettre un peu du sien, la situation aurait pu se prolonger sans accroc excessif ; elle n'était pas exigeante, toutes ces années elle s'était contentée de ce qui lui était donné.

La fraîcheur des débuts une fois estompée, la nouveauté d'une vie à deux enfuie, l'entente naturelle des commencements avait lentement pâli telle une étoffe d'antan exposée trop longtemps au soleil.

Les petits efforts au jour le jour s'étaient essoufflés. Et le flot du quotidien, désormais en période de mortes eaux, avait laissé apparaître les contours gris, les rocs plus sombres de l'existence à deux.

Elle était aujourd'hui à un tournant. Cette idée lui arracha un sourire amer, c'était ce que Tsukiko lui avait affirmé le jour de son mariage. Sans doute que certaines situations appellent des phrases toutes faites, les platitudes qu'on leur associe rassurent par leur banalité même.

Bizarrement, elle n'éprouvait pas, à l'instant présent, de regret d'en être arrivée à ce stade. Pourtant il fallait appeler ça un échec. Et l'échec se tenait devant elle, lui fermait le passage.

À certains moments elle s'en détachait, l'examinait avec du recul, prenait de la distance. Puis soudain, comme une pluie diluvienne, sa réalité la rattrapait, l'inondait, noyait tout.

Le retour imprévu de Ryo changeait la donne. Elle s'interrogeait : était-il pour elle une planche de salut ou une difficulté supplémentaire ?

Une frayeur rétrospective la traversa : si Ryo avait resurgi alors que tout se passait bien avec Hajime, que leur couple cheminait sereinement, comment aurait-elle accueilli cette résurrection ?

Elle s'était longtemps demandé ce que Ryo devenait, où il était, ce qu'il endurait. Elle n'y pensait pas de la même façon, n'éprouvait pas le même type d'inquiétude que pour son frère ou son père. Pour Hajime, c'était encore différent, elle ne se rappelait pas avoir ressenti aucune inquiétude. Pourtant ils étaient tous quatre à la merci d'un sort identique.

Le silence de Ryo, l'absence totale de nouvelles l'avait longtemps troublée. Hajime, Noboru, Izuho avaient réussi, de rares fois il est vrai, à écrire. Pourquoi pas lui ?

Le temps passant, elle avait cédé au bon sens et accepté la réalité telle qu'elle se présentait devant ses yeux. Sans conviction, elle avait choisi de considérer comme clos cet épisode, bref mais intense, de sa vie.

En épousant Hajime, elle avait implicitement accepté de ranger Ryo au nombre des disparus.

Malgré tout, la guerre finie, elle avait continué de croire, sans se l'avouer, à la possibilité de son retour.

Elle s'était émue du sort des soldats prisonniers en URSS ou bloqués en Corée et en Chine après 1945. On parlait de six millions de compatriotes, dont la moitié de civils installés là-bas avec femme et enfants, qui ne souhaitaient plus qu'une chose, regagner leur patrie.

Yumi scrutait, sur le journal, les photos d'hommes aux joues creuses, doublement méconnaissables à cause de leur état de santé et de la mauvaise qualité du papier. Retour de Mandchourie, ils débarquaient par centaines chaque jour à la base navale de Maizuru.

Aujourd'hui, douze ans plus tard, les circonstances la replaçaient devant le carrefour qu'elle avait franchi alors, en empruntant la route menant à Hajime.

Ils arrivèrent à la crique. S'échappant de la hutte des *ama* leur parvint l'écho des conversations des plongeuses qui se préparaient. Ryo s'arrêta en haut de la plage, et elle s'immobilisa, lui fit face. Il la suppliait de le croire : il n'était pas revenu faute de mieux à Tōshijima. Il avait sollicité le poste d'instituteur qui venait d'y être créé, et mis toutes ses forces à l'obtenir.

Car jamais il n'avait cessé de penser à elle. Soldat, il ne s'est pas endormi un seul soir sans avoir revécu par la pensée leur rencontre. Il lui avait écrit plusieurs fois. Il n'avait reçu aucune réponse de sa part, mais il n'en avait pas été réellement surpris, car le courrier dans ce sens-là était encore plus aléatoire; la plupart des soldats ne recevaient que des lettres de collégiennes ou de lycéennes qui les écrivaient à la chaîne pour entretenir le moral des troupes.

Il avait compris plus tard que ses envois avaient été arrêtés et détruits par la censure militaire. Sûrement qu'il parlait trop de ce qu'il voyait, de ce qu'il ressentait.

Il ajouta : Dans les pires moments… Mais il

s'interrompit. Il n'avait pas envie de revenir maintenant là-dessus.

Il voulait surtout et sans attendre lui expliquer pourquoi il n'était de retour qu'aujourd'hui à Tōshijima. Lui dire ce qui l'avait empêché, des années durant, de revenir.

La guerre finie, il avait été victime d'une machination. En fait, plutôt une erreur qu'une machination. Voilà : dans un bois près d'Itsukushima, là où il était affecté, deux sœurs adolescentes venaient d'être retrouvées étranglées. Un portrait-robot du tueur avait circulé qui lui ressemblait vaguement. Quelqu'un l'avait dénoncé. La police l'avait arrêté et confronté, avec d'autres, à des témoins qui l'avaient formellement désigné pour le meurtrier. Différents indices avaient joué malencontreusement contre lui, et il avait payé pour le véritable coupable. Condamné à perpétuité.

Chanceux malgré tout dans son malheur, car pour ce genre de crimes, la peine de mort était fréquente ; il aurait pu être pendu.

Toutes ces années derrière les barreaux il désespérait de jamais revoir Tōshijima.

Il se tut, elle le fixait en silence, désemparée. Il nota son visage presque douloureusement attentif.

Il pressentit sa réaction, elle allait penser qu'en prison il avait eu tout le temps de lui écrire.

C'est vrai, et il avait cent fois songé combien ce serait doux de tout dérouler pour elle des circonstances qui le tenaient enfermé. Il avait commencé combien de lettres à son intention, il ne sait plus, et au dernier moment, toujours il s'était refusé de les lui envoyer. Il était terrifié à l'idée de lui infliger le chagrin de le savoir sous les barreaux sans retour. Il préférait qu'elle le crût mort à la guerre.

Bien sûr il avait travaillé à démontrer son innocence, mais tant de choses semblaient conjurées contre lui. Enfin, au bout de dix ans, le dossier qu'il était parvenu à établir avec l'aide d'un avocat avait été examiné par les juges. Ils n'avaient pas reconnu qu'il était innocent, sans doute pour ne pas se déjuger, mais, compte tenu des nouveaux éléments en sa faveur, ils avaient commué la perpétuité en une peine de quinze ans d'emprisonnement.

Alors, preuve qu'il ne faut jamais désespérer, il s'était produit un coup de théâtre : le vrai coupable avait été arrêté pour un nouveau crime, et à cette occasion la police avait découvert chez lui des vêtements ayant appartenu aux filles. Ryo avait été libéré. Après onze ans, enfin innocenté.

Yumi vit, dans le retour de Ryo et son installation dans l'île, un signe du destin. C'était à elle qu'il revenait d'agir maintenant. Elle allait quitter Hajime, qu'il soit d'accord ou pas. Avec Ryo à son côté, elle saurait livrer le combat.

Elle restait lucide devant ce qui l'attendait : à trente-cinq ans, elle devait se préparer à une longue période d'isolement, en butte à l'hostilité sourde des voisins, à la froideur de tous.

Yumi a donc abandonné le toit conjugal pour regagner la petite maison de son enfance, avec son chariot, ses outils de travail, ses vêtements et quelques objets strictement nécessaires. Misaki qui allait sur ses trois ans trottait à ses côtés.

Tsukiko, sans approuver sa fille, s'efforça de comprendre ce qui avait déterminé son choix, et elle offrit son aide. Izuho non. Le devoir de l'épouse était de se soumettre à son mari ; cette fuite était un déshonneur. Cependant il toléra la présence sous son toit de la mère et de la fillette, mais dans la maison ce fut comme s'il ne les voyait pas.

Hajime s'opposait à l'idée d'officialiser la rupture. Quand Yumi s'afficha avec Ryo, il y vit une stratégie, une forme de chantage pour le contraindre à réagir. Il lui prêtait des manœuvres qu'elle n'avait pas.

Ryo se rendait chaque fin d'après-midi, après l'école, à la hutte des *ama*. Il se tenait sur le côté, à l'écart de l'entrée toujours ouverte, pour ne pas gêner les plongeuses qui se rhabillaient.

Quand Yumi ressortait de l'*amagoya* il s'élançait vers elle.

Il ne voyait pas plus loin. C'était un aboutissement d'être là, de l'accompagner. Pourtant ni lui ni elle ne pouvait ignorer les répercussions que, dans la petite communauté, faisaient naître la présence, l'empressement d'un autre homme auprès d'une femme mariée.

Yumi souffrait de constater l'embarras de ceux qui les approchaient ou simplement les croisaient dans les ruelles du village.

Ne pas cacher leur proximité était perçu par toute l'île comme une provocation. L'homme célibataire et la femme mariée. Le scandale, aussitôt né, ne les quittait plus, c'était une brume de mer que ni le vent ni le soleil n'arrivaient à chasser.

Tōshijima se découvrit des yeux partout, chaque geste de l'un envers l'autre était rapporté à voix basse aux rassemblements des criées quotidiennes, courait dans les bureaux du port, alimentait les conversations dans les bars.

Et l'indignation rejaillissait sur Hajime, l'éclaboussait. Il ne savait pas tenir sa femme. Il avait perdu la face.

Du coup, beaucoup s'interrogèrent sur ses capacités à remplir ses fonctions à la coopérative. Comment pourrait-il un jour diriger les services administratifs ? Son avenir professionnel était remis en question.

Les mamans, les grands-mères conduisant un enfant à l'école dévisageaient le nouvel instituteur, s'attardant à lui parler des banalités du jour ou des péripéties liées à la vie de leur bambin, pour se donner l'occasion de l'approcher.

On cherchait à découvrir chez lui une faille qui laisserait apparaître un trait caché de sa personnalité. Il devint une figure du lieu, il portait un titre, il était l'amant-de-la-femme-du-chef-de-bureau-de-la-coopérative.

Auprès du feu, dans leurs cabanes des divers lieux de pêche, les *ama* de l'île ne discutaient que de ça, elles balançaient entre s'offusquer et admirer. En famille ou dans la société de leur village, si elles n'approuvaient pas, elles se gardaient de critiquer ouvertement le comportement d'une des leurs.

Le couple sulfureux avait été vu mangeant le tofu frit qui faisait la renommée du Kissa-ya, le petit restaurant sur le port de Wagu.

Cette liberté bravant tout le village, cette émancipation des règles, Yumi s'efforça de l'assumer, tête haute. Et ce mépris du qu'en-dira-t-on en imposa. Son comportement impressionnait et faisait courir un frisson excitant le long de la moelle épinière chez des épouses qui jamais n'auraient, même en songe, osé se livrer à une telle excentricité.

Depuis le début, la position de Hajime était délicate, elle devint intenable. Il dut trancher.

Yumi voulait le divorce, elle l'aurait, lui dit-il enfin.

Mais à une condition.

Il lui mit le marché en main : ils divorcent, d'accord, mais elle quitte Tōshijima, et s'en va loin.

Pas question ! Son travail était ici, sa famille. Elle ne partirait pas.

La condition en cachait une autre. Hajime anticipait qu'elle refuserait de quitter l'île. Il avait posé ce faux ultimatum, pour voir. Il avait en poche une autre solution.

Comme elle voudra, dit-il. Alors, elle reste. Et c'est lui qui partira.

Cette capitulation soudaine… à coup sûr ce n'était pas une gracieuseté de sa part.

Au calme qu'il affichait elle pressentit que son acquiescement camouflait autre chose. Même s'il n'avait guère d'alternative dans l'île, avec sa réputation entamée jusqu'à l'os, ternie à jamais, sa dignité au clou, sa carrière compromise.

Il répéta qu'il était d'accord pour le divorce, et c'est donc lui qui partirait. Il s'installerait à Tōkyō.

En échange…

Le cœur de Yumi s'arrêta, elle retint son souffle, terrifiée, attendant ce qui allait suivre.

Il la regarda droit dans les yeux. Elle soutint son regard, elle fit front à la sentence.

En échange, il exigeait de garder la petite. Il l'emmènerait avec lui, elle grandirait à Tōkyō, y ferait des études.

Il n'ajouta pas : Et elle oubliera sa mère. Mais c'est bien ce qu'il avait en tête.

Deux mois plus tard la nouvelle courut, entre les cuves à poisson de la coopérative, que Tanimoto-*san* travaillait désormais « dans les bureaux » à Tsukiji, le marché aux poissons de Tōkyō.

Yumi poursuivit son activité au sein des *ama*. Ses collègues jouant le jeu firent semblant d'avoir tourné la page.

Six mois après le divorce, délai de convenance à respecter, Yumi épousa Ryo et vint habiter chez lui à Wagu dans une petite maison derrière l'école. En réalité elle s'y glissait au soir, avec la complicité de la lune, depuis longtemps.

Le marié n'avait plus ses parents, seuls l'oncle qui habitait Momotori et deux cousines venues de Kusaki participèrent à la cérémonie. Côté Yumi, sa mère et son père (Izuho n'avait pas applaudi cette union, à cause du divorce préalable, mais se retenait de la désapprouver) et Noboru, accompagné de Nahoko, épousée l'année d'avant — les couples cohabitaient dans la maison des Kitayama.

Les nouveaux beaux-frères sympathisèrent tout de suite. Ryo et Noboru avaient peu ou prou les mêmes expériences de la guerre, ils avaient vécu les pratiques de l'armée coloniale, en Chine pour l'un, pour l'autre en Corée. Puis tous deux avaient eu l'immense aubaine d'être ramenés au pays sans attendre la fin des combats, et, le hasard ayant parfois des prémonitions, ils s'étaient trouvés sans le savoir dans deux cantonnements voisins, proches de Hiroshima.

Quand Noboru rapporta à Ryo les observations partagées à l'armée avec l'étudiant de l'université Tōdai, ils se découvrirent des convictions semblables à peu près sur tout.

Sous l'uniforme ils avaient ri des mêmes plaisanteries, détesté les mêmes personnages, s'étaient révulsés des mêmes conduites. La cible principale de leur répugnance avait un nom, le général Tōjō. C'est lui qui, Premier ministre, avait ordonné l'attaque de Pearl Harbor. Mais ce que Ryo et Noboru ne lui pardonnaient pas, c'était d'avoir signé de sa main le *senjinkun*, l'ordre qui interdisait aux soldats de se rendre. Une condamnation à mort pour des milliers et des milliers de jeunes gens.

Un ordre que Tōjō serait incapable de s'appliquer à lui-même. Après la défaite, il raterait son propre suicide (il se tira gauchement une balle de révolver dans la poitrine). Condamné à mort par le tribunal de Tōkyō, il serait pendu l'avant-veille de Noël 1948.

À Wagu, quand Noboru venait saluer sa sœur et discuter avec Ryo, si entre eux Tōjō revenait sur le tapis, les motifs juridiques de sa condamnation ne pesaient pas lourd. « Crimes contre la paix, crimes de guerre, crimes contre l'humanité » avait relevé le verdict. Ces charges ne disaient pas la sauvagerie, les hommes qu'on démembre, les mourants qu'on torture, les femmes et filles qu'on viole, les enfants qu'on enterre vivants…

Et, la gorge étranglée, ils se taisaient soudain ; le silence entre eux se prolongeait pendant qu'au chaud sous le *kotatsu*, dans la main une bouteille de bière, ils dénombraient encore une fois les cadavres.

Avec la vague honte d'être incapables de décrire ce qui s'était produit sous leurs propres yeux.

Yumi observait Ryo qui tournait en rond. On était le 6 août, l'anniversaire terrible. Chaque année il enrageait de ce qu'il entendait à la radio et voyait à la télévision. Cette commémoration hypocrite le rendait fou.

Elle essaya d'en parler avec lui.

Il était furieux déjà contre lui-même. Il gardait sur le cœur le poids de ce qu'il n'avait pas fait, à Hiroshima, les jours qui avaient suivi le 6 août. Certes il avait obéi aux ordres, des ordres qui l'avaient mené à déménager des caisses de vieux papiers. Dans la panique générale, il avait passé son temps à sauver des archives.

Il se reprochait sa lâcheté.

Elle n'était pas d'accord.

Et puis, disait-elle, s'il avait secouru des victimes, qui dit qu'il n'aurait pas été contaminé, qu'il ne serait pas aujourd'hui en mauvaise santé, voire condamné? Elle ajoutait : Regarde Noboru!

Noboru a recueilli des rescapés, mais à quel prix? C'est aujourd'hui qu'il a la réponse. Son sang contient une quantité de leucocytes considérable. Il a appris que cette maladie porte un nom : leucémie.

Et encore peut-il se dire qu'il a échappé au pire ; quelques mois, quelques années après l'explosion, des familles sont mortes dans d'affreuses souffrances pour avoir remué les décombres à la recherche de leurs proches.

Noboru ne se lassait pas de rappeler que l'ordre avait été donné par l'état-major le 7 août de ne secourir que les victimes en état de participer encore, une fois remises, à l'effort de guerre. Folie du commandement, comme si le sort du pays n'était pas réglé, la défaite consommée. Oui, Noboru avait reçu l'ordre d'abandonner les aînés, les enfants, les femmes, de les laisser agoniser ici dans le feu, là dans la boue, plus loin dans la poussière.

Alors il avait enfreint les ordres, il avait désobéi. C'était la première fois. Il a menacé les deux soldats qui l'accompagnaient de leur trancher la gorge s'ils le trahissaient.

Il avait embarqué des femmes, des enfants, des vieillards dans le camion militaire, il les avait déposés à un poste de secours improvisé, à l'ouest de la ville, avant de gagner l'hôpital avec sa cargaison de jeunes corps à demi en vie.

Six jours durant il avait transporté des mourants. Sans craindre une irradiation. Et pour cause, il ne savait pas — personne ne savait à Hiroshima.

Ryo affirmait que tout le monde — ici et peut-être sur toute la planète — s'est demandé un jour ou l'autre ce qui s'était réellement passé à Hiroshima le 6 août 1945.

Ce matin-là le temps était radieux, les cigales chantaient. On terminait son petit-déjeuner, on partait au travail, on marchait joyeux sur le chemin de l'école. Un homme attendait, assis sur une marche du porche d'entrée, l'ouverture de la banque Sumitomo. Dans la cour du lycée Yasuda, une centaine de filles étaient rassemblées, rieuses, pour entendre le programme des activités de ce lundi.

La journée d'été s'annonçait magnifique.

Il est 8 h 15.

Un millionième de seconde. C'est le temps qui a suffi pour que l'air devienne fournaise sur la ville, qu'une boule de feu gigantesque (un kilomètre de diamètre) brûle de plusieurs millions de degrés. Et qu'au sol la température atteigne aussitôt six mille degrés.

Une onde de choc s'est jetée sur l'étendue à plus de mille kilomètres-heure, dévastant tout. Dans un rayon de deux kilomètres choses et gens sont instantanément pulvérisés, réduits à l'état de poussière charbonneuse.

En une seconde à peine, soixante-dix mille êtres humains sont brûlés vifs, dans leurs maisons, dans les rues et les jardins du centre-ville.

Plus loin du centre, des rescapés aperçurent des fantômes nus, morts-vivants couverts de sang et noircis de leurs propres cendres, qui avançaient lents et hiératiques, titubant à l'aveugle entre les ruines fumantes. Ce qui leur restait de vêtements pendait en lambeaux, accrochés ici et là à leurs membres, à leur poitrine. Quand ils approchèrent, on vit que ce n'étaient pas des lambeaux d'étoffe, mais leurs propres chairs, leurs peaux arrachées qui pendillaient.

À terre, des corps se tordaient, pantelants, des voix suppliaient : *Mizu ! Mizu !* De l'eau ! De l'eau ! Des enfants agonisaient, imploraient, la bouche grande ouverte dont aucun son ne sortait.

Au sud, sur le pont Miyuki, à genoux au milieu des cadavres, dans un petit groupe d'humains hébétés, une écolière en uniforme, avec des couettes hirsutes dans sa chevelure brûlée, secouait un bébé : « Réveille-toi ! mais réveille-toi donc ! » Dans ses bras, son petit frère carbonisé.

Un homme tenait ses intestins dans ses mains, un autre avait l'œil qui ballottait sur sa joue.

Les familles de la région qui comptaient un proche parmi les habitants de la ville se précipitèrent aux nouvelles, elles arpentèrent les décombres, fouillant les ruines, quelques-unes emportaient, serré contre leur poitrine, dans leurs bras, sur leur dos, le corps sans vie d'un être cher.

À Tōshijima peu de familles possédaient de la parenté dans la préfecture de Hiroshima. On apprit par ouï-dire que les survivants en état de parler décrivaient l'éclair, la lumière violente, le soleil tombé sur le sol, la titanesque vague de particules de feu. L'horreur partout sur la terre. La fin du monde.

Le 9 août, quelques heures avant de déclencher une seconde fois le feu atomique sur le Japon, le président des États-Unis, Harry Truman, lut une déclaration où il s'enthousiasmait de la puissance de destruction de l'arme nouvelle qu'il venait d'expérimenter.

C'est ce discours qui révéla aux autorités de Tōkyō la vraie nature de la bombe qui avait détruit Hiroshima.

Les palmes firent leur apparition à Tōshijima au tournant des années soixante. Peu après, favorisée par le développement de l'industrie des plastiques, l'usage de la combinaison de plongée se répandit. Une combinaison encore lourde et épaisse, encombrante, mais qui protégeait efficacement du froid.

Ce fut une révolution dans les pratiques de pêche. Accueillie comme un immense progrès chez les *ama* qui y voyaient une facilité, un confort fantastique pour exercer leur activité.

Depuis ses années d'apprentissage, inaugurées vers 1938, Yumi avait pratiqué la plongée exactement dans les mêmes conditions et avec les mêmes outils que sa mère, sa grand-mère et, aussi loin qu'elle pouvait remonter dans le temps, la cohorte de ses aïeules.

Et toutes avaient avant elle, sur les rivages orientaux du Kii, entre Minose, Kii-Nagashima, la baie d'Ago, Shima, Toba et bien sûr Tōshijima, arpenté de génération en génération les mêmes territoires de mer. Pour récolter les mêmes mollusques, les mêmes oursins et les mêmes algues.

Les nouveaux équipements apportaient une commodité jusque-là ignorée. Ils permettaient plus facilement d'atteindre le fond ; les *ama* plongèrent plus longtemps et dans des eaux plus froides. Munies de palmes et vêtues d'une combinaison, la plupart étaient capables de se risquer jusqu'à quinze ou vingt mètres, ce qui restait jusque-là réservé aux plus expérimentées.

Les plus âgées retrouvèrent leur capacité d'antan à travailler efficacement.

Ces améliorations furent adoptées par la totalité du monde des professionnels de la mer, leurs aspects bénéfiques étaient éclatants.

Personne ne porta attention au revers prévisible de ce progrès.

Graduellement, les côtes se virent dépouillées d'une part excessive de leurs richesses sous-marines. Au bout de quelques cycles de pêche on s'avisa que beaucoup de mollusques se faisaient moins nombreux, certains, dont les ormeaux, devenaient franchement rares. Dans leurs cabanes, les anciennes réveillèrent leur sagacité pour rappeler aux plus jeunes que la pêche en apnée avait jusqu'ici conjugué science et patience.

Ce temps était-il fini ?

Tsukiko restait nostalgique des belles années où les ormeaux se dévoilaient en abondance sous son regard expert, cédaient à la poussée habile de son crochet pour bientôt remplir son filet. Et lui assuraient chaque semaine une petite fortune. C'étaient les joies du métier. Des joies révolues.

Elle se voulait philosophe : lorsqu'on touche à la nature, il faut s'attendre tôt ou tard à un retour de bâton.

Yumi et ses toujours amies Yuna et Sumiyo, alors dans la pleine énergie de leur quarantaine, se désolaient du maigre résultat de leurs efforts. Quinze ans plus tôt il leur arrivait de remonter trente ou quarante ormeaux entre l'aube et le crépuscule. Désormais quand elles en récoltaient deux, trois, elles pouvaient se déclarer satisfaites de leur journée.

À Tōshijima, la coopérative décida de fixer une limite à l'équipement des *ama :* une seule combinaison par famille. Même si la famille comprenait plusieurs plongeuses.

Cela ne suffisait pas à préserver ce qu'on n'appelait pas encore la ressource. Alors on s'attaqua aux périodes de capture. Depuis toujours celles-ci étaient réglementées, mais désormais on se mit d'accord pour leur ouvrir des fenêtres de plus en plus étroites. On pronostiquait que la prochaine génération verrait les jours autorisés se réduire comme peau de chagrin.

Chacune des *ama* avait conscience que d'ores et déjà sa profession était en danger. Cette activité permettrait-elle encore de gagner sa vie ? À quel horizon deviendrait-elle un travail d'appoint, voire même subsisterait au rang d'emploi saisonnier ?

Les *ama* n'auraient d'autre choix que de s'employer ailleurs, pour trouver un revenu complémentaire comme serveuse dans un restaurant, un café, vendeuse à mi-temps dans une boutique, ou en renfort lors d'un coup de feu dans les commandes d'un atelier.

Cependant nulle ne s'indignait de cet état des choses, aucune ne s'alarmait devant la projection de ce futur assombri.

Yumi siégeait de nouveau au comité de la coopérative — son retour ressuscitait chaque fois chez les hommes présents une certaine défiance, on se souvenait encore de ses propos à la mort d'Ekinoda Yayoi. Elle se faisait à chaque réunion la porte-parole des craintes de ses collègues, mais sans se scandaliser ni trahir d'amertume.

Quittant le comité un soir, elle demeurait pensive en marchant vite sous le ciel sombre encombré de nuages gris. Bientôt une petite pluie la rattrapa qui accompagnait la fin du jour. Sa profession aussi voyait son crépuscule.

Elle arriva par l'arrière de la maison où elle vivait avec Ryo, elle traversa le bois de pins noirs qui accueillait chaque début de nuit des centaines d'oiseaux, elle ne les voyait pas dans la pénombre mais elle les entendait battre des ailes sur les branches où ils étaient posés. Ce doux et prolongé frou-frou était leur façon d'accompagner la disparition de la lumière.

Elle se demanda si les *ama* ne se comportaient pas comme ces oiseaux.

Les plongées d'aujourd'hui étaient leurs battements d'ailes avant la nuit.

Dans leurs tête-à-tête Yumi et Ryo, qui se disaient tout, évitaient de prononcer un mot. Plus exactement un prénom.

Avant de déménager chez Ryo, Yumi s'était dépouillée de tout ce qui pouvait lui rappeler Misaki. À une exception près. Dans les ballots emportés figurait un sac de toile qu'elle n'ouvrait qu'une fois par an, la veille du « jour des filles ».

Malgré ces précautions l'absente avait suivi, et elle était là dans la maison, surtout le soir à l'heure du coucher. Un reflet de lune caressait les tatamis et la fillette surgissait, assise près du futon déroulé sous la fenêtre. Yumi l'apercevait alors dans la pièce vide qui n'était plus vide. Penchée sur un livre illustré, Misaki en tournait les pages, en bon ordre, de gauche à droite, méthodiquement. À la voir faire, malgré ses trois ans, on aurait juré qu'elle savait lire.

Yumi retrouvait sous les doigts la douceur de la nuque de sa fille, dégagée du col du petit *yukata* qu'elle lui avait confectionné pour la maison, sa nuque si fraîche qu'elle aimait embrasser et qui sentait les parfums de la montagne, après le bain.

Dans ces moments-là elle se tenait figée, statue de douleur muette, se retenant presque de respirer de peur que le moindre souffle fasse s'évanouir la vision.

Une tristesse reconnue l'encerclait, dense et silencieuse, une mélancolie aussi inexorable que la marée. Elle restait là sans bouger, ne cherchait pas à fuir. Enveloppée d'un chagrin malgré tout chéri, car elle avait besoin de cette émotion, besoin d'éprouver encore une fois sa constance au fond d'elle, qui redisait qu'elle n'oubliait pas. Pour rien au monde elle n'aurait tenté de lui échapper.

Ryo, qui observait sa femme, son mutisme, tout ce qui ne lui ressemblait pas d'ordinaire, comprenait la cause de cet abattement soir après soir, à l'approche de la nuit. Il avait eu mille occasions d'observer que ni la mélancolie ni la sérénité ne se partagent.

À d'autres moments elle traduisait au contraire un allant joyeux, une volonté de se dépasser, d'abandonner ce qui l'étouffait, l'entravait. Lors de leurs étreintes, il l'examinait jubilante, échevelée, appliquée à vivre l'instant, et il se disait que c'était un bon remède contre la tristesse, cette capacité qu'elle possédait de faire surgir en elle un double solaire, une autre, délivrée de ses ombres.

Il la contemplait dans les minutes heureuses de l'après. Étendue de tout son long sur le futon. Un grand chat qui s'étire. Il contemplait ses lèvres — deux doux piments — rougies par le feu des caresses où se dessinait un long sourire de nouveau-né, fragile et confiant. Un sourire tracé d'un trait, comme le vol de l'hirondelle dans un ciel d'été.

Il respectait son silence, patientait. Il savait que le déchirement qu'elle avait subi ne serait jamais guéri (toujours enfoui, cheveu au cœur de la porcelaine, et au mieux la fêlure ne s'aggraverait pas), mais pour le présent il trouvait un soulagement à lire sur son visage la preuve d'une embellie.

Aux heures d'optimisme il assimilait le mal-être de Yumi au vent furieux qui a couru les continents, traversé les océans, fait plier les forêts ; un jour ou l'autre avec la distance il finit par s'épuiser. S'il continue de souffler, c'est maintenant réduit à une petite brise qui agite à peine les *furin*[1] accrochées aux fenêtres et balance tout juste les trompettes de la gentiane au fond du jardin.

1. Petites clochettes au son harmonieux qu'on accroche aux portes et aux fenêtres, l'été. On dit que leur son procure une sensation de fraîcheur.

Noboru soutenait l'avis de Ryo qui avait fait des recherches sur le sujet. En 1945 les Américains étaient pressés de réaliser un test, grandeur nature, de l'impact de leur nouvelle bombe mise au point en secret depuis quatre ans dans le désert du Nouveau-Mexique. Une arme terrifiante qui montrerait leur avance dans la course aux armements et qui, ils en étaient sûrs, en boucherait un coin à Staline.

Les militaires avaient procédé à des essais à petite échelle. Mais pour justifier les sommes énormes englouties dans leurs travaux, il leur fallait chiffrer les dégâts humains et matériels dont leur nouvel engin était capable. Et cela dans la réalité.

Ryo interrogeait : Ont-ils songé à tester la bombe en Allemagne ? Il rugissait : Bien sûr que non ! Le Japon qui les avait attaqués sans préavis à Pearl Harbor, et qui se battait encore sur une patte, offrait l'occasion qui ne se refuse pas. Cerise sur le gâteau, les généraux pouvaient se donner le beau rôle : la bombe atomique allait mettre un point final aux combats en Asie, éviterait de faire débarquer les GI dans l'archipel, donc épargnerait la vie de milliers de soldats américains. Un argument en or massif. Il sera repris, répété en boucle par les journaux du monde entier.

Et puis, s'enflammait Ryo, compter les morts vitrifiés, les corps calcinés dans une ville grouillante de petits hommes jaunes, ça n'allait pas émouvoir plus que ça la bonne conscience de Yankees biberonnés à la vieille fibre raciste qui leur colle aux gènes.

Les Japonais étaient là, à disposition, à l'instar de souris blanches, bons pour l'expérience dont on avait besoin.

Noboru prenait le relais : Imaginez la chance ! Hiroshima était intacte. Les généraux américains n'avaient pas remarqué que la ville abritait des installations industrielles au service de l'armée, des casernements, des centres de commandement. En 1944 et 1945 ils avaient pourtant bombardé à gauche et à droite pour beaucoup moins que ça !

En fait, les Américains se gardaient la ville au frais. Pour le jour où.

Ryo renchérissait : Il faut revenir au début de l'été 1945. Dans le vent de leurs ventilateurs de bureaux, les gradés américains sont fiévreux. Tōkyō, prêt à faire reddition, a dépêché des émissaires par le biais de pays tiers pour prendre contact avec Washington. La fin des combats est proche.

Au Pentagone on est scandalisé, ces faces de citron sont capables de vous capituler sous le nez ! Une turpitude pareille, ça signe bien leur race. Il fallait faire vite.

D'où, le 6 août, bombe A (à l'uranium) sur Hiroshima, le 9 août, bombe A (au plutonium) sur Nagasaki.

Noboru achevait la démonstration : En réalité Nagasaki n'était pas la seconde ville retenue. Les souris blanches prévues cette fois-ci vivaient à Kokura, plus au nord. Mais le matin du 9 août des nuages épais couvrent tout le nord du Kyushu, la visibilité est nulle. Et voilà que le B-29 perd le contact avec l'avion d'observation qui le précède. Avec ça, des vents violents vous le ballottent de tous côtés. Enfin pour couronner le tout, sa radio tombe en carafe.

Égaré, le B-29 fait demi-tour. Mais pas question de rentrer à la base de Tinian, dans les Mariannes, avec dans la soute une bombe de quatre tonnes, une bombe atomique, qui plus est, armée.

Bientôt trop de temps a passé en valses-hésitations de l'équipage, la jauge du kérosène descend dangereusement. Il faut larguer la bombe.

Brusquement, dans la mer de nuages apparaît, telle une île, un large trou clair. Sous les ailes de l'avion le pilote voit surgir des habitations, des rues, les quartiers d'une ville.

Dans le cockpit on discute deux secondes, c'est OK les gars !

Il est 11 heures et 2 minutes à l'horloge de la cathédrale qui domine le quartier d'Urakami à Nagasaki, la cité du Japon qui compte le plus de catholiques.

Les années vont, se succèdent. Au Japon la terre tremble chaque jour quelque part, le plus souvent sans conséquences, parfois causant une catastrophe. En 1964 un séisme détruisit une partie de la ville de Niigata et en 1968 à Tokachi on dénombra quarante-sept morts.

À Tōshijima comme ailleurs dans l'archipel les tremblements de terre légers étaient un phénomène ordinaire. D'un seul élan les corbeaux quittaient les arbres pour voleter lourdement au-dessus des feuillages avant de reprendre leur poste sur les branches, l'air toujours important, les buses tournoyaient en poussant des cris plaintifs et les cigales brusquement se taisaient. Puis tout reprenait son cours.

Des festivités marquaient par tradition le début de chaque saison de pêche, occasion pour les plongeuses, vêtues de blanc, de solliciter la compréhension des divinités de la mer.

D'après les légendes, certains démons de l'océan tentaient d'effrayer les *ama* qu'ils rencontraient au fond des mers. D'autres au contraire s'ingéniaient à les séduire. Pour se prémunir de leurs maléfices les plongeuses accrochaient une amulette à leurs filets, brodaient une étoile à cinq branches sur leur foulard.

Yumi regarda Tsukiko annoncer sa retraite en 1970, alors qu'elle venait de franchir les quatre-vingts ans. Elle n'abandonnait pas toute activité pour autant et se jurait de persévérer à plonger aux beaux jours quand le soleil serait de la partie.

Chaque journée ou presque elle continua de se rendre à l'*amagoya*. En arrivant sur la grève, elle entendait de loin les voix joyeuses qui s'échappaient de la cabane ; elle songeait aux bons moments qu'elle y avait connus. C'était peut-être, au travers des années, ce qu'elle avait eu de meilleur.

Quand elle explorait pour le plaisir les criques connues sur le bout des doigts, ce qu'elle remontait dans son filet était secondaire. Sa joie venait d'exécuter avec aisance les gestes sus par cœur.

Elle appréciait toujours autant de se glisser entre deux roches, de frôler les algues, de résister au courant, et simplement, tant que l'autorisait la retenue de son souffle, de se laisser flotter longtemps entre deux eaux dans une sorte d'apesanteur.

Elle descendait à peine moins profond qu'autrefois, et plus facilement aujourd'hui grâce aux palmes. Elle modérait l'enchaînement des plongées, prenait son temps pour récupérer.

Et elle conservait son rang d'*ama* expérimentée, avec la sensation de se maintenir efficace.

Les très âgées plongeaient plus rarement, n'abandonnant complètement qu'après avoir épuisé leurs dernières forces. Mais par tous les temps elles venaient jusqu'au rivage saluer les collègues encore actives. Quand ces dernières s'en allaient à l'eau avec leur baquet et leurs ustensiles elles demeuraient sur le haut de la grève, à l'abri d'une ombrelle ou d'un parapluie, à regarder la mer. Un spectacle dont elles ne se lassaient pas. Elles répondaient présent au rendez-vous qu'elles avaient eu toute leur existence avec la lumière, les effets de moire sur la peau frissonnante de l'océan, la frivolité des vents, les jeux des nuages.

Venir à l'*amagoya* jusqu'au bout était leur façon de se sentir dignes d'exister, lucides devant la beauté et la fragilité du monde. Les mini-affairements de leur quotidien leur suffisaient, elles s'y consacraient avec bonheur, observant le monde autour d'elles avec sérénité ; les poissons ne se soucient pas de la pluie qui tombe sur la mer.

Aux heures de pause, elles rejoignaient dans la hutte les *ama* encore ruisselantes, et autour du feu elles s'asseyaient près d'elles, les genoux au sol, fesses sur les talons. Quand leurs articulations renâclaient trop fort, elles se posaient sur une caisse ou sur le tas de bois.

Toutes le savaient, c'était là leurs dernières occasions de rencontre. On parlait du froid, du courant fort à mi-marée, des ormeaux de plus en plus clairsemés, des concombres de mer qui, eux, s'étaient multipliés à l'automne, du retour du poisson-lapin. À tout âge on avait sur les poissons venimeux une expérience à raconter.

Au long des saisons, une aînée espaçait ses visites puis ne venait plus. Et un jour quelqu'un s'étonnait, voilà un bout de temps qu'on n'a plus de nouvelle de Masami ni de Kyoko. Et toutes se taisaient d'un coup, interdites, comme devant le cerisier du jardin qui ne se couvrirait plus de fleurs au mois d'avril.

Une semaine, Moï ne passait plus le nez à la hutte, une autre c'était Nanami, puis Takako. Un hiver deux anciennes, voisines dans la même ruelle de Toshi-chō, s'éteignirent le même matin.

Parfois une disparue resurgissait dans les conversations, et l'on s'attendrissait au rappel d'anecdotes auxquelles elle était mêlée. Mais au long des mois les évocations devenaient plus rares, un jour les détails manquaient, un autre ils surgissaient infidèles, embrumés par l'éloignement. Pourtant il suffisait d'un incident pour ranimer la mémoire d'un antécédent auquel l'une ou l'autre était associée, et toutes se remémoraient avec jubilation ce que Yuko avait fait, Keiko avait dit ce jour ancien, tandis que les plus jeunes écoutaient, leur visage lisse habité d'un doux sourire, ce qui sans doute les attendait.

Un après-midi, alors qu'on revenait d'enterrer les cendres de Shiyomi, Tsukiko découvrit qu'elle était désormais la doyenne des *ama* à Tōshijima.

Quand elle apparaissait à l'entrée de la hutte, on se serrait pour lui faire une place au plus près du feu, on lui présentait fièrement la pêche du jour et elle se répandait en compliments. Elle gardait pour elle le souvenir des filets débordants d'ormeaux qui avaient marqué les captures des années cinquante.

Le métier ne suffisait décidément plus à faire vivre une famille. Rumi, une ancienne, se félicitait d'avoir pu, de son temps, après la mort de son mari, élever ses trois enfants avec le produit de ses pêches et même réussi à payer des études à l'aîné.

Désormais l'activité avait perdu son rang de ressource économique.

L'océan, trop sollicité, parcouru, exploré, et par endroits pollué, ne partageait plus ses richesses avec la même générosité.

Tsukiko s'en désolait, mais elle regardait venir cette nouvelle donne avec un certain détachement.

Elle s'était forgé son idée de l'existence : faire son bonheur de toute minute favorable.

La vie au fond ressemblait à ces minuscules bistrots tapis au cœur des villes, dans une ruelle écrasée par les nouvelles constructions. Maisons de poupée où l'on baisse la tête pour pénétrer, sous le *noren*[1] bleu, dans l'étroite salle obscure. Un tonneau fait office de table, deux tabourets jouxtent le comptoir. Cinq clients, et l'établissement affiche complet.

Une femme sans âge, vêtue d'un sempiternel *yukata* couleur muraille, les cheveux piqués d'épingles et de peignes, tirés en chignon serré sur la nuque, vous propose

1. Rideau court suspendu dans l'entrée des magasins, des restaurants, etc.

du *sake* chaud, du café conservé depuis le matin sur le feu. Et quand vous retardez de quart d'heure en quart d'heure le moment de rentrer chez vous, où rien ne vous attend, elle vous apporte le plat maison, du *dashi* recette-de-la-patronne, où deux ou trois adjuvants mystérieux joints à la bonite et à l'algue *konbu* procurent au bouillon un goût fabuleux.

Et, durant que le tofu chaud sublime sur votre langue la délicatesse des *niboshi*, ces petites sardines séchées, vous vous dites que finalement la vie offre encore de bons côtés.

Yumi approuvait la sagesse de sa mère. Et la pratiquait au jour le jour. Elle conservait comme un don précieux le goût du colin, des feuilles de chrysanthème, associés au tofu qu'elle savait préparer comme personne. Chaque fois que ses papilles renouaient avec cette saveur, elle se revoyait en *yukata* à dix ans ; un voile de nostalgie floutait les détails, une béatitude d'autrefois noyait ses pupilles, et devant elle la journée flottait, brisée en îlots tremblotants, semblables aux feuilles de lotus agitées par le vent au-dessus d'un étang.

Au fond, il suffisait d'un rien pour que la petite musique de la vie redémarre sur ses sempiternelles deux, trois notes. Et tout se recomposait, les joies, les soucis, l'hier, l'aujourd'hui, pendant que le refrain vous trottait sans fin dans la tête jusqu'au soir.

Après avoir pesé le pour et le contre, Yumi se sentit déterminée, elle mènerait le projet mûri en secret depuis tant d'années. Elle n'avait pas osé jusqu'ici. C'était maintenant ou jamais — en cet automne 1973 — de jouer le tout pour le tout.

Elle fit part de ses intentions à Ryo. Il l'écouta en silence, d'abord dubitatif, puis il conclut qu'elle avait raison, elle se devait d'essayer, ainsi elle n'aurait pas de regrets. Et, à mesure se convainquant lui-même, il l'encouragea vivement d'aller à Tōkyō.

À ce jour, Ise était la plus grande ville où elle avait jamais mis le pied. Et c'était déjà tout un périple. Sa mère, Tsukiko, s'y était rendue à la fin de la guerre — la ville, lourdement bombardée, s'appelait alors Ujiyamada. Tsukiko racontait comment elle avait parcouru la quinzaine de kilomètres depuis le débarcadère de Toba dans un autobus qui marchait au charbon de bois. Dans son panier, deux couples d'ormeaux, un noir, un blanc, qu'elle avait offerts au Naïkū, le sanctuaire intérieur, et au Gekū, le sanctuaire extérieur. Les temples venaient d'être reconstruits, comme tous les vingt ans. Le bois neuf d'*hinoki* donnait aux bâtiments cette belle couleur claire qui rappelle le soleil d'hiver.

Se rendre à Tōkyō c'était, aux yeux de Yumi, quasiment changer de continent. C'est à Tōkyō qu'aboutissaient une large part des poissons et des mollusques capturés dans les eaux de Tōshijima, mais les pêcheurs et les *ama* d'ici n'allaient jamais plus loin que la coopérative de leur port d'attache.

Le but de l'expédition serait gardé secret. À part Ryo, seule Tsukiko fut mise dans la confidence. Pour tout le monde Yumi partait visiter une vieille parente gravement malade.

Ses collègues qui n'avaient jamais quitté l'île que du temps où elles étaient écolières, pour les excursions scolaires du printemps et de l'automne, lui prodiguèrent cependant des conseils. Puisqu'elle allait à Tōkyō, dit l'une, il fallait absolument qu'elle visite le grand magasin Issetan.

Avant de partir, Yumi sortit de leurs boîtes les poupées qu'elle exposait d'ordinaire une fois l'an, le « jour des filles[1] ». Elle avait commencé l'année où Misaki était née. Puis, après le divorce, et sa fille au loin, elle avait tenu à continuer. C'était une preuve qu'elle ne l'oubliait pas.

Cette fois, aux rangées de poupées multicolores qui

1. Pour *Hina matsuri*, littéralement « fête des poupées », célébrée le 3 mars, les familles comportant une petite fille dressent en son honneur un autel de poupées décoré de fleurs de pêchers.

fixaient le vide de leurs yeux ronds, elle assigna une fonction porte-bonheur. Car ce qu'elle allait tenter, elle le savait, n'offrait qu'une chance infime de succès.

Débarquée du ferry, qui avait succédé au vapeur, elle prit à Toba un car pour Ise, puis le train de la ligne Kintetsu. Elle changea à Nagoya, sa petite valise brune à la main, la seule qu'elle possédait. La gare lui parut gigantesque, elle eut du mal à repérer sur les panneaux d'information l'indication du quai d'où partait l'express pour Tōkyō.

Cinq heures plus tard, en début de soirée, quand elle aperçut par les vitres du train des maisons innombrables, des commerces et des industries, des immeubles côte à côte et des rues encombrées de voitures — le ballet des phares et des feux rouges dansait devant ses yeux un spectacle féérique —, elle se crut arrivée. Mais ce n'étaient que les lointaines banlieues de la capitale. Il fallut encore une heure avant que le train pénètre en gare de Tōkyō, dans le quartier de Marunouchi.

Elle se sentit bien seule à la sortie du quai. Seule au sein de la foule. Elle lissa de la main sur ses épaules son foulard rouge à fleurs jaunes. C'était le signal de reconnaissance.

Elle patientait depuis cinq minutes quand une voix de fillette résonna au milieu du tintamarre ambiant : Yumi-*san* ! Yumi-*san* !

Une très jeune fille slalomait à contre-courant entre les voyageurs pour venir vers elle.

Kei ! Ce devait être la petite cousine — une parenté qui se perdait dans les brumes, Kei était la fille d'une nièce de Tsukiko. Yumi s'était souvenue qu'elle vivait à Tōkyō et elle avait mis des semaines à établir son adresse par recoupements de renseignements récoltés à droite et à gauche. Une véritable enquête. Ryo avait plaisanté : « Tu as raté ta vocation, tu aurais dû faire limier au Keisatsu-chō[1]. »

Kei avait dix-huit ans, en paraissait treize, et virevoltante comme une elfe, elle pilota Yumi dans les couloirs et sur les quais du métro. Trois quarts d'heure plus tard elles bavardaient dans le minuscule studio où habitait la jeune fille. Sa famille résidait en banlieue à Sagamihara. Pour s'éviter de passer des heures dans les transports, elle louait ce havre proche de son travail chez Mitsui Sumitomo, une grande compagnie d'assurances où elle était secrétaire.

Elle dit que pour Yumi, ça tombait bien. Car pour aller à Waseda, d'ici c'était direct par la ligne Tozai, elle aurait dix stations entre Toyocho, qui était à trois cents mètres, et Waseda.

Yumi promit de ne pas déranger longtemps. Elle se donnait deux jours, voire trois, avant de repartir. Kei se récria : Quel dérangement ? Prends tout ton temps pour faire ce que tu as à faire.

Le lendemain Kei acheta les tickets et mit Yumi dans le métro. Avec la recommandation de descendre à Waseda, de là, en marchant dix minutes elle arriverait au campus.

Le seul renseignement que Yumi avait pu récolter sur Misaki, c'était qu'elle était étudiante à l'université Waseda.

Sur le port, la coopérative de pêche n'avait plus reçu, depuis des lustres, de nouvelles fraîches de Tanimoto

1. Siège de la police nationale.

Hajime. Quand Yumi s'était résolue à rechercher activement la trace de sa fille, donc de Hajime, elle avait repensé à sa maîtresse de l'époque. Elle était parvenue à identifier la femme qui, aujourd'hui mariée, habitait toujours Wagu. Peut-être avait-elle gardé un vague contact avec lui ?

C'était une idée assez biscornue que de se tourner vers elle, mais Yumi ne voyait pas d'autre moyen. Quinze ans après, pas question évidemment d'aller frapper à sa porte. Elle en parla à Kazue qui dépêcha sur place une collégienne pour jouer, en inventant un prétexte insignifiant, les intermédiaires, en toute innocence et discrétion.

La jeune fille revint avec deux informations : Hajime s'était remarié à Tōkyō, de ce second lit il avait eu une deuxième fille ; l'aînée était étudiante à Waseda.

L'ex-maîtresse était au courant parce qu'il continuait de lui envoyer une carte pour le Nouvel An. Une carte à laquelle elle ne répondait pas parce que jamais il n'indiquait son adresse.

Yumi passa la journée à errer, abasourdie par les dimensions de l'université. Elle s'attendait à trouver un bâtiment du type d'un lycée, mais bien sûr un peu plus important. Elle s'était imaginée devant l'entrée, à interroger les jeunes gens qui y pénétraient ou en sortaient.

Mais comment faire ici ? Elle errait dans une ville à l'intérieur de la ville.

Dans les allées, elle s'adressa d'abord à des étudiantes. Tanimoto-*san* ? Misaki-*san* ? Les filles sourirent, désolées, elles ne connaissaient pas. Qu'étudiait-elle ? demanda l'une. Yumi ne savait pas.

Elle arrêta un étudiant qui lui suggéra de se renseigner à l'accueil. Un autre conseilla plutôt le secrétariat et il l'accompagna jusqu'au bâtiment où se terrait ce service. Il leur fallut un bon quart d'heure pour l'atteindre. Il lui désigna la porte du bureau et la salua avant de s'en retourner à ses études.

Trois femmes étaient affairées sur des papiers, elle s'adressa à la plus proche qui était aussi la plus âgée. Celle-ci écouta sa demande, ne marqua aucune surprise, simplement elle leva un instant le visage pour mieux l'observer.

Puis elle tira à elle un fichier rotatif et en fit tourner les fiches avec l'index de chaque main tout en marmonnant Tanimoto… Tanimoto Misaki… Elle changea d'outil, compulsa de nouvelles fiches. Rien. Elle fit de même sur un troisième.

Tout à coup, elle redressa la tête, triomphante : Littérature II.

Elle ne pouvait être plus précise ; pour trouver à cet instant Tanimoto-*san* il faudrait connaître son emploi du temps, ses heures de cours. Sur un plan qu'elle lui laissa, elle indiqua la position du campus Toyoma, quartier « Sciences humaines ».

L'après-midi était déjà très avancé, la masse des étudiants commençait à déserter les allées. Yumi choisit de revenir le lendemain.

De retour à Waseda, elle s'orienta directement vers

le campus Toyoma. Les jeunes gens qu'elle interrogeait semblèrent considérer, sans le dire ouvertement, qu'elle perdait son temps à chercher une aiguille dans une botte de foin. Quand elle précisa « Littérature II », un garçon s'attarda, réfléchit un instant et dit qu'il y avait une toute petite chance d'avoir des renseignements en allant à la cafétéria où se retrouvaient souvent ceux des Lettres. La cafétéria se situait près d'Enpaku, le musée du théâtre. Facile à repérer, architecture élisabéthaine — il se reprit : une façade avec des colombages, des poutres en bois, et au milieu comme un donjon. Une fois là, sur la droite, juste au coin de la petite place, elle apercevra la cafétéria. Là, elle pourra poser sa question aux étudiants et surtout aux serveuses.

Il était désolé, il avait cours dans cinq minutes, donc pas le temps de l'accompagner. Elle se répandit en remerciements.

Elle déambula, se trompa à deux reprises, et enfin elle remarqua une drôle de construction. De hauts murs blancs troués de fenêtres bizarres encadraient une façade striée de poutres brunes. Au milieu, une tour surmontait une large entrée abritée par un chapiteau de tuiles posé sur des colonnes en pierre.

Elle fit le tour de la place et découvrit la cafétéria. De nombreuses tables étaient occupées par des jeunes gens. Tous habillés de vêtements modernes, à l'exception d'un groupe de filles rassemblé autour d'une table, en kimonos multicolores. Elles s'étaient apprêtées pour participer à une cérémonie quelque part. Ou elles en revenaient.

Il sembla à Yumi que leur babil différait lui aussi et se distinguait dans le brouhaha général. Les regarder procurait de la joie, elles étaient comme un bouquet de fleurs printanières.

C'est vers leur table qu'elle se dirigea. Pendant qu'elle dévidait sa question tous les visages pivotèrent vers elle, blancs tournesols. En réponse, elles affichèrent la désolation, non, Tanimoto Misaki, ça ne leur disait rien.

Yumi s'assit à un guéridon libre. Elle se sentait curieusement bien au milieu de toute cette jeunesse.

La serveuse surgit devant elle, s'inclina, demanda ce qu'elle pouvait lui proposer. Elle commanda du *sencha*[1].

Alors que la fille déposait sur la petite table la théière et la tasse, Yumi lut sur la barrette attachée à sa blouse un prénom : Satomi.

Satomi-*san* connaîtrait-elle une étudiante appelée Tanimoto Misaki ? Non, désolée, elle ne connaissait pas. Mais peut-être sa collègue, Yoshiko-*san*.

Yumi suivit des yeux Satomi qui de retour au comptoir parlait à une autre jeune femme portant le même uniforme. À un moment toutes deux tournèrent la tête en sa direction. Vite Yumi regarda ailleurs.

Peu après la seconde serveuse se dirigea vers le fond de la salle et dit quelques mots à une étudiante attablée avec des amis, qui à son tour interpella quelqu'un assis à une autre table.

Yumi but une longue gorgée de thé. Elle n'avait pas

1. Thé vert.

reposé sa tasse qu'une fille, qu'elle n'avait pas vue venir, se tenait là, tout contre le guéridon.

Une fille de haute taille, des cheveux mi-courts avec une frange sur le front, un chemisier blanc, une veste d'un rouge profond, une jupe grise qui dégageait les genoux et les deux tiers des cuisses. Un côté sportif, sain. Yumi nota les chaussures rouges.

L'étudiante se présenta : Tanimoto Misaki. On venait de lui dire qu'une dame demandait après elle. Que cette dame était assise là. D'un geste elle désigna la table de Yumi, qui restait sans voix.

Je n'ai pas beaucoup de temps, mais, s'il vous plaît, dites-moi si je peux vous rendre service.

Yumi sursauta, son cœur battait à grands coups.

Vous vous sentez bien ?

Yumi se ressaisit, oui, elle allait bien, elle dit qu'elle était de Tōshijima où une voisine, sachant qu'elle venait à Tōkyō, l'avait suppliée de venir prendre des nouvelles de Misaki-*san*.

Ah ? Vous savez que moi aussi je suis née à Tōshijima.

Elle rit comme si elle avait lancé une plaisanterie.

Je le sais seulement depuis quinze jours. Ce serait trop long à expliquer… J'ai quitté l'île tout bébé. Alors je ne me souviens de rien, ni de personne là-bas. Qui vous a parlé de moi ?

Une voisine.

Et vous savez comment, d'où, elle me connaît ?

Elle ne me l'a pas dit.

Ah…

Elle hésita, se pencha au-dessus de Yumi, s'appuyant des deux mains au guéridon : En tout cas, dites-lui que je vais très bien. Et que je la remercie de penser à moi…

Un silence, elle se redressa, puis : Vous savez, *obaasan*[1], que vous avez une chance inouïe ! C'est un exploit de me trouver là aujourd'hui. Car je pars en France, je vais à Paris pour mes études.

Le cœur de Yumi n'arrêtait pas d'accélérer, frénétique, dans sa poitrine.

Et vous allez revenir quand ?

Je ne sais pas. Dans deux, trois ans…

Alors je vous souhaite bon voyage, Misaki-*san*, et un bon séjour en France.

Un grand merci à vous. Je suis très heureuse d'avoir fait votre connaissance.

Et moi donc ! songea Yumi. Mais elle se contenta de sourire en hochant la tête.

Toute la scène s'était déroulée comme dans un rêve. Combien de fois se demanderait-elle par la suite si tout cela ne sortait pas de son imagination. Cette rencontre improbable, et ces échanges de courtoisie.

Pourtant, tellement de détails lui revenaient, clairs, précis, qu'elle devait admettre que c'était sa mémoire qui les avait conservés. Elle avait vécu ce moment.

À y repenser, elle ressentait chaque fois la même joie

1. « Grand-mère », appellation affectueuse souvent employée à l'égard de personnes âgées.

fulgurante et la satisfaction infinie de savoir qu'il existait une jeune fille adorable, douce, aimable, élégante, intelligente, qui poursuivait de longues études à l'étranger, et que cette belle personne était sa fille. Son enfant.

Elle, Yumi, avait mis au monde cet être merveilleux.

Après ce jour, quand les regrets, les remords l'assombrissaient, pour se consoler, émousser le chagrin, elle se bâtissait des raisonnements : restée à Tōshijima, en compagnie de sa mère *ama*, Misaki serait-elle allée à l'université ? On ne peut jamais dire, mais probablement pas.

Et une interrogation brûlante surgissait aussitôt : quand elle avait retrouvé Misaki à Tōkyō, aurait-elle dû lui révéler la vérité, dévoiler son identité, lui apprendre de but en blanc qu'elle était sa mère ?

Elle se reprojetait la scène de la cafétéria, réajustait chaque mot, reconstituait ceux qu'elles avaient prononcés, ceux qu'elle avait entendus. Cela n'aidait pas.

Elle n'arrivait pas à déterminer si elle avait eu tort ou raison de se taire.

Une occasion unique, inespérée, en fait un quasi-miracle lui avait été offert. Elle l'avait gâché, l'avait laissé se perdre.

En vérité elle avait dû improviser, les circonstances avaient décidé de tout, elle n'avait pas eu le choix, il lui avait fallu réagir aux paroles de Misaki.

Au matin, elle se reprochait de ne pas s'être mieux préparée, de n'avoir pas répété mot à mot ce qu'elle voulait dire à Misaki. Un peu par superstition, peur que ça lui porte poisse de vendre la peau de l'ours, elle s'était refusée d'envisager par avance de trop près les détails de sa fourrure. Et au soir elle se consolait de constater l'impossibilité où elle s'était trouvée de prévoir comment les choses se présenteraient.

Ce voyage, elle l'avait entrepris dans l'idée insensée d'apercevoir Misaki, de réaliser ce qu'elle était devenue. Et voilà tout.

On lui aurait dit, avant de monter sur le ferry, qu'à Tōkyō elle verrait seulement passer Misaki dans la rue que tout de suite elle aurait dit « je prends, je n'en attends pas davantage ». Cela aurait suffi à son bonheur.

Au retour dans le train, elle avait vogué sur un petit nuage. Elle n'en revenait pas. Elle avait non seulement vu, approché Misaki, mais elle lui avait parlé. La mère et la fille. Ensemble… un bref instant. Un *hanami*[1] sentimental.

Quand le ferry avait touché le quai à Wagu, elle hésitait encore sur ce qu'elle allait raconter à Ryo et Tsukiko. La vérité leur paraîtrait un acte manqué, en tout cas inachevé. Pour couper court aux commentaires, elle pourrait prétendre avoir fait chou blanc. Son échec ne surprendrait personne.

En posant le pied sur le quai elle choisit de partager avec les siens la vérité.

Le regret d'en être restée là parfois se faisait lourd, mais

1. *Hanami*, au sens propre « regarder les fleurs » ; coutume de se réunir pour contempler au printemps les cerisiers en fleurs — le caractère éphémère de l'événement est un facteur d'émotion aussi important que la beauté des fleurs.

l'image de l'élancée, merveilleuse fille de dix-huit ans permutait sans cesse avec celle de la fillette qui n'avait jamais quitté sa mémoire. C'étaient les deux faces du ruban d'argent papillotant de son souvenir.

Et désormais, à un instant ou l'autre, finissait toujours par surgir l'image des souliers rouges de l'étudiante. Qui lui rappelaient la comptine célèbre, *Akai kutsu*[1], qu'elle chantonnait dans son enfance : cela parlait d'une petite fille aux souliers rouges emmenée par un étranger, « À chaque fois que je vois des chaussures rouges, je pense à elle, à chaque fois que je vois un étranger, je pense à elle ».

1. « Les souliers rouges ».

Les arbustes toujours verts des *sakaki* traversaient sans faillir les années. Une vie se déroulait ainsi. Grossie de printemps en printemps de nouvelles traces de pas sur les sables, de rameaux neufs sur les branches qui s'ajoutaient à ceux d'hier.

À l'école, Ryo enseignait à ses élèves l'Histoire du Japon. Les enfants s'intéressaient aux samouraïs, et montraient peu de curiosité pour les événements plus récents.

Son rôle était précis, à lui d'inculquer aux jeunes esprits les bases des matières au programme et de leur apprendre à vivre dans le respect des lois, des anciens, le souci des autres, l'harmonie du groupe et du pays.

Il les incita à lire les premiers *manga* qui venaient d'être publiés sous forme de livres bon marché qu'on désignait sous le vocable d'*akahon*, « livres à couverture rouge ».

En mai il se rendit avec sa classe et la moitié de l'école en excursion à Hiroshima. Les élèves visitèrent le musée de la bombe, la ruine du Genbaku[1] avec son dôme aux poutrelles tordues ouvert sur les ciels changeants de la ville.

Les enfants s'attachaient d'abord aux considérations techniques de l'explosion. Et Ryo ne savait trop ce qu'il fallait espérer pour eux de cette visite. Du haut de leurs dix ans, c'était sans doute une page d'histoire comme une autre.

Tsukiko avait cessé de plonger, elle descendait désormais sur le coup de 13 heures au port de Toshi-chō pour aider Noboru et Nahoko qui débarquaient leur pêche du matin. S'ils étaient encore en mer, elle patientait sur le quai, et il se trouvait toujours une employée de la coopérative, légère et gracile aigrette dans son tablier étincelant et ses bottes bleu ciel, pour lui apporter un tabouret.

Elle attendait, assise près des premières cuves où s'agitaient les poissons. L'eau de mer, pompée par de gros tuyaux jaunes, débordait à gros bouillons et coulait contre ses socques avec le bruit d'un ruisseau de montagne.

Souvent son regard se fixait sur l'île d'Ozukumi, inhabitée, qui se dressait à quelques encablures sur la gauche, et elle songeait que cela faisait déjà onze ans qu'Izuho était mort. Revoir les rochers d'Ozukumi était la dernière volonté qu'il avait exprimée, et les marins-pêcheurs du voisinage s'étaient mis en quatre pour le transporter, assis sur une chaise, jusqu'au point de la côte le plus proche.

1. Le dôme de ce bâtiment fut la seule construction d'Hiroshima à ne pas être complètement détruite quand explosa la première bombe atomique, le 6 août 1945.

Pendant les semaines que l'urne était restée à la maison elle lui avait parlé chaque soir, chaque matin. Pour guider l'esprit du défunt le prêtre était venu se recueillir les septième, vingt-et-unième et quarante-neuvième jour. Puis on avait porté l'urne au cimetière.

Elle avait déposé, au pied de la stèle, la pipe en bambou qu'il ne fumait plus depuis des lustres, mais qu'il aimait tenir entre ses dents, aspirant l'air sans desserrer sa prise, ce qui produisait un bruit de salive, caractéristique de sa présence pour toute la famille. Il en riait, affirmant que c'était son *isobue* à lui, ce « sifflement de la mer » que les *ama* pratiquaient en émergeant.

À la maison, ce bruit l'avait souvent agacée, et maintenant il lui manquait.

Izuho avait eu la satisfaction de voir Noboru épouser Nahoko. Selon la tradition, la bru s'était installée chez les beaux-parents. Tsukiko appréciait la jeune femme, et c'était réciproque. Elle évitait de lui donner des ordres quant à la tenue de la maison, du ménage ou de la confection des repas ; Nahoko s'appliquait à devancer les souhaits de sa belle-mère.

De ce point de vue Tsukiko se considérait chanceuse, quand tant d'autres se plaignaient, à l'*amagoya*, d'une bru jugée indocile ou paresseuse.

Dès le mariage elle avait attendu avec impatience que Nahoko tombe enceinte ; elle espérait la venue d'un petit-fils et surtout d'une petite-fille. Même si elle ne se faisait guère d'illusions quant à l'apport d'une nouvelle génération pour soutenir la pérennité de son métier.

La perspective d'une naissance au foyer de Noboru et Nahoko s'était doublée, dans la famille, d'une ombre absente. Une ombre douloureuse. Tsukiko aurait souhaité voir un autre enfant à Yumi. Mais du couple Yumi-Ryo, pourtant amoureux, aucune descendance ne s'annonçait.

Nahoko donna naissance à un garçon, qu'on prénomma Hiromi. La barque de Noboru verrait un jour, à la barre, un nouveau Kitayama succéder à son père.

Il y eut encore bien des soleils et des lunes au-dessus de Tōshijima.

Noboru ne perdit pas de temps avant d'apprendre le maniement du bateau à son fils. Au sortir du collège, Hiromi savait déjà assister son père et très vite il s'était montré capable de tenir un cap dans les courants les plus indociles.

Vint son tour de fonder une famille, Hiromi convola en justes noces avec Yaeko, une fille de Kamishima, serveuse dans l'unique bar-restaurant de cette île. On leur demanda où et comment ils s'étaient rencontrés. Pour réponse ils se contentaient de rire, Yaeko gardant la main devant sa bouche.

Ryo invoqua le marin-pêcheur Shinji, fils d'une *ama* de Kamishima, et Hatsue, fille d'un riche armateur. C'était les héros de *Shiosai*[1], un livre de Mishima Yukio. Personne ne connaissait.

1. *Shiosai*, « Le bruit des vagues », roman de Yukio Mishima paru en 1954 au Japon. Traduit en français par Gaston Renondeau sous le titre *Le tumulte des flots* (Gallimard, Folio n° 1023).

C'était la première fois qu'une « étrangère » entrait dans la famille. Les temps avaient changé où l'intervention d'une Mme Kodama avait son utilité.

Noboru décréta la vieille maison des Kitayama trop exiguë pour accueillir un couple supplémentaire. L'argument provoqua chez Yumi un sourire qui s'accompagnait d'un pincement de cœur. Mais ici ce n'était pas un prétexte, d'ailleurs Hiromi et la jeune Yaeko s'installèrent juste en face. La venelle séparant les deux habitations était si étroite que, de l'une à l'autre, on pouvait se passer le *wasabi* ou la sauce soja en tendant le bras par la fenêtre.

Un matin, comme les hommes étaient partis à la pêche, Nahoko s'étonna de ne pas avoir vu sa belle-mère ouvrir les volets de bois pour aérer la maison dès 7 heures, comme à l'accoutumée. Elle traversa la ruelle et frappa au montant de bois des *fusuma* qui fermaient la petite pièce de quatre tatamis et demi que Tsukiko s'était réservée.

En l'absence de réaction, Nahoko poussa le panneau coulissant. Le *fusuma* glissa en souplesse, avec le frou-frou d'une chouette qui s'envole dans la nuit.

Tsukiko dormait sous la couverture débordant de trois côtés le futon. Par le rond découpé dans la housse blanche, le regard de Nahoko s'attarda sur le décor de la couette : de longues algues enlacées, bleu-vert.

Elle regagna son logis.

Cependant au bout d'une heure, comme rien ne traduisait une activité chez sa belle-mère, et effrayée de ce repos qui n'en finissait pas, elle revint à la chambre de Tsukiko, s'approcha cette fois de la dormeuse et avec précaution posa deux doigts sur l'amorce découverte de son épaule. Le contact la tétanisa : la peau était froide. Elle toucha franchement la joue du dos de la main. Glaciale.

En tant qu'aîné, Noboru organisa le cérémonial funèbre. Yumi et Nahoko assurèrent pour la veillée l'accueil des voisins et des anciennes collègues de Tsukiko.

Au long de sa vie une petite foule avait fréquenté la défunte, mais personne dans la famille ne s'attendait à une telle assistance, signe qu'elle était très estimée. Parmi les visiteurs, Yumi identifia un pêcheur de Toshi-chō qui avait tout fait, lors de son divorce, pour convaincre Hajime de demeurer dans l'île et la pousser, elle, à s'en aller loin. Elle savait qu'il lui gardait rancune, presque trente ans après, du départ de Hajime.

L'homme s'inclina devant elle, sans la regarder, mais il prit le temps de murmurer quelques paroles de compassion.

La petite fumée de l'encens montait sans fin au-dessus du brûleur, tandis que le prêtre marmonnait en continu ce qui semblait être le même sutra, et au bout d'un moment l'on ne savait plus trop ce qui, du nuage de l'encens ou des paroles psalmodiées, embrumait la maison.

Yumi reçut furtivement de chacun une petite enveloppe fermée par une ficelle noire et grise, pour contribuer au coût des funérailles.

Yumi et Noboru avaient souhaité que seule la famille assiste à la crémation.

Le lendemain, Yumi déposa dans le cercueil huit coquilles d'ormeaux dont le calcaire se mêlerait à celui des os ; l'idée de cette symbiose entre l'*ama* et son activité lui semblait la juste conclusion de cette vie.

On écouta *Tōkyō no yoru* (« Nuits de Tōkyō »), une chanson de Hamako Watanabe que Tsukiko fredonnait souvent.

Une heure s'écoula avant qu'un plateau d'acier chromé fasse son apparition sous la porte métallique qui s'ouvrit en silence, et progresse lentement.

Yumi et Noboru s'approchèrent des restes de leur mère. À l'aide de baguettes, ils placèrent dans l'urne cinéraire les fragments d'os non réduits en poudre par le feu, en commençant par l'extrémité opposée du plateau, où avaient reposé les pieds.

Ensuite l'employé, le visage impénétrable, versa la totalité des cendres dans l'urne ouverte, prestement et sans qu'aucune poussière ne s'envole.

Le plateau, maintenant nu, luisait doucement.

Noboru rapporta l'urne à la petite maison en bas de la montagne, pour les quarante-neuf jours prescrits.

Alors, on l'enterra à Wagu, auprès d'Izuho, au pied de la stèle qui regardait l'océan.

Yumi plongeait aux beaux jours avant tout pour s'assurer qu'elle était capable de poursuivre sa fréquentation, son intimité, sa pratique — elle ne savait trop quel mot était le plus juste — avec l'océan.

Elle remontait en haut de la grève pour contempler autour d'elle les fleurs éclatantes de santé, les pins rouges qui chantaient sous la brise ; le bleu du ciel lui paraissait sur le point de murmurer à son oreille des évidences qui font du bien.

Quand le soleil clignait entre les ramures, elle traversait toute la longueur de la crique pour continuer de se trouver, au bon moment, dans la lumière.

C'était le mois de l'année où l'on dégustait de petits poissons crus pêchés l'heure d'avant, arrosés de vinaigre d'ortie.

Elle escamotait le fait que son métier, qui avait été le centre de sa vie, s'évanouissait sous ses yeux. Elle le voyait se retirer sans rien dire tel un amoureux contrarié. Il s'effaçait à reculons, il s'éloignait à pas de velours. Ainsi tombait le jour, insensiblement ; si l'on en juge à chaque minute la perte de lumière reste quasi imperceptible, puis une heure vient où il fait nuit.

Les périodes autorisées pour la pêche aux ormeaux étaient de plus en plus réduites. En sens contraire l'âge moyen des *ama* n'en finissait pas de s'élever. À Toshi-chō, à Wagu, à Momotori plus des trois quarts des *ama* encore actives étaient septuagénaires.

Voilà déjà longtemps que les filles ne s'intéressaient plus à cette activité, elles souhaitaient un travail moins pénible, moins dangereux, un revenu régulier. Conscientes au surplus que succéder à leur mère, leur grand-mère, les maintiendrait dans un monde dont elles avaient l'impression d'avoir déjà fait cent fois le tour.

Elles regardaient les lumières de la ville qui faisaient se mouvoir des ombres inconnues. Et là-bas dans la rumeur citadine les jours et les nuits leur semblaient porter des couleurs attirantes, et neuves.

Au terme de l'année scolaire, début avril, Ryo prit sa retraite d'instituteur.

Chaque matin il lut plus longuement le journal et il prit l'habitude d'échanger des commentaires autour des nouvelles du jour au café qui faisait face au nouveau bâtiment de la coopérative de pêche, maintenant installée sur un terre-plein gagné sur la mer. Les habitués prirent goût à le consulter, appréciant de l'entendre gloser sur l'actualité. Il devint rapidement une sorte de sage pour la population du port.

Un sage qui ne partageait pas toujours l'opinion

commune sur comment va le monde et le gouvernement du pays. C'était peut-être ce qui suscitait l'intérêt secret de ses interlocuteurs, bien que personne n'affichât une adhésion pleine et entière à ses propos.

Chaque fois qu'il traversait le village, il ne s'écoulait pratiquement pas de journée où il ne rencontrait un ancien élève qui s'approchait pour le saluer.

Depuis plusieurs mois Noboru ne prenait plus la mer. Il se levait déjà épuisé. Ses muscles lui faisaient mal, même au repos, et plusieurs fois par nuit il se réveillait en sursaut. En proie à des hallucinations, dessinées d'une encre plus noire que ses cauchemars. Une sueur froide l'inondait.

Tout le jour il se traînait, il avait perdu l'appétit, parfois il saignait du nez.

Il passait de longs moments fasciné devant sa petite-fille, Yukari, qui venait d'entrer à l'école maternelle. Il l'observait à distance, presque douloureusement, et des larmes coulaient par lents à-coups sur ses joues hâves.

Un dimanche de grand soleil, il fit par exception honneur au déjeuner au point que Nahoko s'était réjouie de le voir en forme. Au début de l'après-midi il déclara que ça lui dirait bien aujourd'hui, il se sentait assez solide pour faire un tour en mer. Hiromi proposa de l'emmener. Non, il aimerait y aller tout seul, sur son ancien bateau. Si le patron actuel du bateau voulait bien le lui prêter pour une balade. Hiromi hocha la tête en riant.

Au crépuscule, Noboru n'était pas rentré. On s'inquiéta.

Le voisin se présenta, il tenait une grosse enveloppe. Noboru la lui avait confiée le matin même avec ordre de la remettre aux siens à 6 heures précises.

Elle contenait cinq lettres. Leur frère, époux, père, beau-père et grand-père respectif s'adressait à Yumi, Nahoko, Hiromi, Yaeko et à la petite Yukari. Il disait d'abord à chacun son affection en des termes adaptés au destinataire, et les quatre messages destinés aux adultes affirmaient sa volonté de ne pas être compté au nombre des victimes de Hiroshima. Il avait toujours refusé de se déclarer *hibakusha*, « victime atomisée ».

Il avait choisi son heure, et il tenait à le proclamer bien haut : ce n'était pas la bombe qui l'avait tué.

Le lendemain, on repéra le bateau à quelques encablures de l'îlot d'Onakayama. Il était sagement à l'ancre. Vide.

En septembre et octobre 1945 une commission américaine avait enquêté sur les dommages des bombardements de Hiroshima et Nagasaki (les enquêteurs préoccupés de recenser le volume des dégâts et des préjudices matériels et humains, tout comme les nombreux médecins militaires dépêchés au Japon dès l'occupation n'étaient pas là pour soigner, mais seulement pour dresser des statistiques). Cette commission publia en novembre 1945 un communiqué assurant que « tous ceux qui devaient mourir des suites de la radioactivité dégagée par l'explosion atomique étaient morts et qu'on ne constatait plus d'influence physiologique des radiations individuelles ».

C'était un mensonge pharaonique, un déni de réalité et qui a persisté durant des décennies. On aura cherché en vain dans les colonnes des quotidiens de l'archipel les termes « bombardement atomique » et « radioactivité ». Dans la casse des journaux japonais, il n'existait pas de caractères d'imprimerie correspondants.

Deux jours après le passage d'un typhon qui avait secoué les eaux, mais causé peu de dommages, les bateaux ressortirent des ports de Wagu, de Toshi-chō et de Momotori, l'un derrière l'autre.

La pluie n'avait pas cessé pendant une semaine. Le premier après-midi que le ciel s'était dégagé, Yumi parcourut la crique d'Ooma, qui longe le bâtiment de l'école primaire.

Elle connaissait les lieux par cœur, tant de fois elle avait arpenté, pour la promenade ou la pêche, ce rivage.

Soudain elle se sentit fatiguée. Elle avança de quelques mètres pour se caler de guingois contre un rocher. Sa position restait malcommode, aussi dès qu'elle reprit son souffle, elle fit quelques pas de plus pour s'installer sur une grosse pierre où elle pouvait s'asseoir.

De l'autre côté du haut mur de la digue, une explosion de cris joyeux. Les enfants de l'école sortaient en récréation.

Elle songea que Ryo avait enseigné ici à un bon millier

d'écoliers à lire, écrire, compter, et les grands moments de l'Histoire, et les rudiments des sciences, et tant de choses qui leur seraient utiles toute leur vie.

Tant de temps s'était écoulé, pourtant il arrivait encore qu'un homme, une femme, croisé dans la rue, s'approche, se nomme et lui exprime sa reconnaissance. Elle se dit que c'était vraiment un beau métier, instituteur.

La plongée, elle n'allait pas en dire du mal, mais c'était une profession qui profitait surtout à celle qui l'exerçait.

Brusquement une vive brûlure lui mordit l'estomac ou les intestins, elle ne savait. Elle s'efforça de respirer plus lentement, plus profond. La douleur persistait.

Elle jeta un regard autour d'elle, se dit qu'avec le bruit des flots, les cris des enfants, personne n'entendrait son appel au secours. Et, si elle mourait là, personne ne découvrirait son corps ramassé, battu par les vagues, avant deux ou trois jours, peut-être davantage ; en novembre rares étaient les promeneurs sur cette partie de la côte.

Soudain, dans un tumulte de feuillages froissés, le ferry surgit par-derrière la pointe du cap Tsukiage, il commença de virer vers l'entrée du port de Toshi-chō qu'on n'apercevait pas d'ici, caché qu'il était par l'îlot abritant le temple de Hachiman.

Elle ne bougeait plus, de crainte de réveiller la douleur. Elle tenta de fixer son regard sur le nouveau brise-lames aménagé à une cinquantaine de mètres au large pour protéger la digue. Petit à petit la douleur s'apaisa.

Elle était inondée de lumière, une lumière qui

réchauffait tendrement le monde. Elle se sentit en paix. Au physique comme au moral.

Là-bas, le bleu-vert du Pacifique se couvrait de grandes plaques de métal étincelant où brasillaient une myriade de flammes d'or. Sur la droite, Kamishima dressait toujours son dos bleuté au-dessus des flots, voilé par la distance.

On ne croirait jamais qu'une barque s'était engloutie ici, un beau soir d'été. En flammes. En quelques minutes le feu l'avait ravagée. Il y avait eu trois morts, une famille entière, les Santōka, les parents, le fils. C'était… elle ne savait plus au juste. Elle était amie avec la mère, Kotomi.

Il faut faire avec les coups du sort au long d'une vie. Si l'on était vraiment lucide face à tout ce qui nous guette, on devrait s'effrayer. Mais alors comment vivre ? Aussi on s'habitue. Chacun espère toujours échapper au pire. Parfois y arrive. Parfois pas. C'était sa conclusion.

L'existence ressemblait à l'océan. À contempler la mer un jour comme celui-ci, jamais, jamais on n'imaginerait la sauvagerie possible d'un tsunami. Et pourtant…

Elle se redressa.

« Ragaillardie ! », c'était le mot de Kazue quand elle avait terminé de déguster son *onigiri* dans la cabane entre deux séances de plongées.

Allez ! Encore solide sur ses jambes, mine de rien, la fille de Tsukiko.

C'est elle, Yumi, qu'on appelait à présent *obaasan*, « grand-mère ». C'était gentil, de la part des gens.

Cela lui rappela tout à coup une voix douce, mélodieuse, gravée en elle. La voix de Misaki qui, ignorant à qui elle s'adressait, lui avait parlé pourtant avec tellement de chaleur, d'affection même, dans cette cafétéria de l'université, à Tōkyō.

Quelle force morale il lui avait fallu (et peut-être à tort !) pour retenir ce que toute son âme, tout son cœur avait envie de hurler : Misaki, je suis ta mère !

C'était déjà loin tout ça maintenant. Depuis, Misaki avait dû rentrer de France. À moins qu'elle se soit installée ailleurs, dans un autre pays. Allez savoir, aujourd'hui, la terre est devenue petite pour la jeunesse qui prend l'avion.

Sans doute Misaki s'est-elle mariée. Peut-être a-t-elle eu un enfant. Ou deux. Peut-être qu'en ce moment même, au Japon ou quelque part dans un coin de ce monde, vit une fille — enfin, forcément une jeune femme à l'heure qu'il est. Et cette jeune femme est — sans le savoir — la petite-fille de Yumi. Oui, la petite-fille d'une *ama*.

Pourquoi pas ? Cela fait du bien d'y croire. Un instant.

Yumi gravit tant bien que mal le plan incliné, puis les marches qui menaient en haut de la digue, de là elle rejoignit la chaussée pour enfiler la longue côte. Sans trop d'effort finalement. En haut, devant l'école maternelle, les mamans discutaient par deux ou trois, attendant l'heure de la sortie. Elle les avait pratiquement toutes connues à l'âge de leurs bambins aujourd'hui.

Elle abandonna la route, qui descendait sur la droite, et continua en face par la ruelle conduisant au cœur du village. Elle passa devant le petit bureau de poste, devant la mairie, et elle se coula dans le boyau qui serpentait entre les maisons adossées à la montagne.

Arrivée chez elle, elle alluma la radio. Une musique endiablée remplit la pièce. De vieux airs de rock, c'était la folie à la fin des années cinquante, les jeunes de l'archipel entichés des chanteurs américains. Et les moins jeunes. Elle avait la trentaine alors, elle aurait bien dansé et se serait lancée dans ce genre de trémoussements elle aussi. Mais c'étaient les mauvaises années avec Hajime, bientôt viendrait leur séparation. Et, aux yeux du village, la méchante c'était elle.

On lui avait arraché sa fille. Elle ne savait pas si elle s'était assez battue pour la garder. Entrer en guerre totale contre Hajime n'aurait pas suffi. La seule alternative aurait été de quitter l'île, fuir, l'enfant sous le bras. Ce qui signifiait abandonner son métier, abandonner tout. Était-ce vraiment envisageable ?

Hajime aurait eu la loi pour lui, en tout cas les juges. On l'aurait poursuivie pour enlèvement. La police aurait ramené Misaki à son père.

C'était si loin, et pourtant toujours vif, dévorant certains soirs. Ces nuits-là un fer rouge trouait le rideau de son sommeil.

À l'époque heureusement les *ama* l'avaient soutenue. Et Ryo, bien sûr. Sans lui elle se demandait comment elle aurait tenu le coup.

Des algues *konbu* attendaient près de l'évier dans une cuvette en plastique. Yumi prit dans le buffet un morceau de bonite séchée. Avec le tout elle allait faire du bouillon. Le *dashi* de Yumi était fameux dans la famille, la recette s'était transmise au travers des générations. Avec un grand couteau elle tailla la bonite en fins copeaux. La lame coupait comme un rasoir, un vrai plaisir.

Elle fit bouillir de l'eau, y plongea les algues, puis les ressortit dès qu'elles furent à la bonne cuisson. Elle versa les copeaux de bonite dans la casserole.

Elle avait toujours aimé faire la cuisine. Avec sa mère, enfant, puis pour son mari. Préparer le repas d'Hajime, cela avait été une joie au début.

Elle avait retrouvé cet élan avec Ryo, qui ne s'était pas démenti.

Elle avait toujours éprouvé du contentement à apprêter les poissons, les mollusques. D'en prendre soin depuis le moment où elle les capturait jusqu'à celui où elle les paraît pour la table en *sashimi* ou les préparait pour la cuisson.

Très jeune elle avait appris de sa mère à découper les ormeaux en tranches aussi fines qu'une pelure d'oignon. Les minces rubans obtenus, appelés *noshi*, plus longs que la peau d'une pomme pelée d'un seul tenant, une fois séchés, se conservaient quasi indéfiniment au point qu'ils étaient devenus un symbole de longévité.

Récemment on lui avait raconté que les touristes étrangers, plus nombreux aujourd'hui, appellent l'ormeau « abalone » et aussi « oreille de mer »[1].

Oreille de mer… elle adorait l'idée qu'au fond de l'océan, il y ait contre les roches, tapies entre les algues, toutes ces oreilles à l'écoute.

Elle aimait, sur la planche, le tac tac-tac précis de la lame qu'elle maniait sur un poisson et, devant le résultat, elle s'arrêtait une seconde, comblée. On pouvait parler de dextérité. Elle se sentait fière du résultat comme si une petite foule la regardait et admirait son travail.

C'était étrange, quasi incroyable qu'une telle satisfaction naisse de simples gestes et savoir-faire du quotidien. Et en réalité c'était davantage qu'une satisfaction, cela donnait l'impression, au sommet de ces instants, d'être habitée d'une capacité ébouriffante.

Une sensation de puissance, de même nature que le fait d'emplir ses poumons avant de replonger au profond de la mer.

1. En japonais, ormeau se dit *awabi*.

D'une seconde à l'autre Yaeko allait arriver, avec l'enfant. Puis viendra Hiromi. Ce soir ils venaient tous manger à la maison. Ryo, parti à Toba pour acheter un outil, débarquerait avec le dernier ferry.

La vie était faite comme ça. Chacun de son côté, à vaquer à ses activités, puis la famille se rassemble.

Elle avait toujours pris ce qui venait. Fait son lot des joies tremblantes accrochées, tels des lampions, aux minutes de la journée, accepté les moments de mélancolie, dérivant sur les heures du crépuscule comme ces chandelles commémoratives, brûlots précaires, qu'on confie au courant d'une rivière.

Elle s'était accommodée des douleurs morales contre lesquelles on bute comme une pierre sur le chemin.

À la fin, les souffrances finissaient par couler lentement vers le fond, dans l'océan de la mémoire. Les petites fêtes de l'instant s'effaçaient aussi, mais leur lueur persistait, comme la chambre se trouve éclairée par la lune après qu'on a éteint la lumière.

Joies et bonheurs restaient là, entre deux eaux, et de temps à autre affleuraient à la surface.

Le goût de l'existence tenait de ces rondelles de citron macérées dans le miel que, dans son enfance, les femmes préparaient pour emporter les jours de pèlerinage. Yumi raffolait des pique-niques confectionnés par Tsukiko.

Elle ne s'était jamais lassée d'écouter la vie et son murmure compliqué. Elle avait été heureuse des fleurs tombées sur les chemins ; de fermer les yeux dans l'amour et de les rouvrir après, sans force, et comme délivrée d'elle ne savait quoi ; heureuse du cri des mouettes tôt le matin et même d'entendre les corbeaux tout le jour ; de croiser sur sa route les *jizô*[1] de pierre grise avec leur bavoir et leur bonnet rouges — un rouge qui tournait au rose, se délavait jusqu'au gris, et voilà qu'un beau matin, bavoirs et bonnets étaient de nouveau d'un rouge éclatant parce que la main d'une mère, qui portait toujours en elle la présence vacillante de l'enfant perdu, les avait changés pour des neufs.

Le fumet de la bonite emplissait la maison, vite elle retira les morceaux, puis filtra le bouillon dans une passoire. Elle avait mis de côté hier du tofu au sésame. Elle le sortit du réfrigérateur. La petite Yukari adorait ça.

Elle entendit les criquets qui s'acharnaient au-dehors, leurs milliers de limes appliquées à polir le silence du soir. C'était l'heure où les bateaux de pêche rentraient l'un derrière l'autre en longeant la digue qui protégeait le port des soubresauts du Pacifique. Un océan qui ne justifie pas toujours son nom.

De nouveau elle se sentit fatiguée, elle s'assit. Une lame de froid se posa sur sa nuque, suivie d'une forte chaleur à hauteur des reins, comme lorsqu'elle offrait son dos aux flammes, au sortir de l'eau, dans la cabane.

Ah ! les discussions, les rires, que la vie était joyeuse dans l'*amagoya* ! Elle se rappelait Mariko qui avait toujours de bonnes recettes à partager, pour tenir un homme par le ventre comme elle disait. Et systématiquement, toutes lui

1. Statuettes de pierre dédiées à un enfant mort-né ou mort en bas âge.

demandaient à quel moment il fallait rajouter du *miso*. Elle était la première à en rire. C'était bien connu qu'à Nagoya, où elle était née, on mettait du *miso* avec tout.

Ses narines humèrent l'odeur du feu de bois, sa bouche mastiqua un escargot turban, extirpé brûlant de sa coquille où la mer éclatait en petites bulles, les mêmes que produisaient, sortis de l'eau, les crabes entre leurs mandibules.

Des joies, des embrasements, des sensations, de tendres élans avaient rythmé son existence, coloré sa vie. Elle se dit que, tout compte fait (et malgré les chagrins, les accrocs, la brûlure de l'enfant au loin), elle avait accumulé son contingent de félicités, parfois nagé un temps dans ce qu'il était juste d'appeler le bonheur. En tout cas quelque chose qui y ressemblait.

Elle se pencha pour mettre à l'abri d'une mouche insistante le tofu au sésame, elle le ressortirait tout à l'heure pour en faire la surprise à Yukari-*chan*.

Le visage de la fillette prit forme dans la vapeur du riz en train de cuire à la cuisine et il flotta, léger, dans la pièce. Les traits restaient un peu flous, et un second visage, celui d'une autre petite fille de deux ans, apparut. L'une et l'autre bouille ronde se chevauchaient, se succédaient, s'effaçaient. De même que les ondes créées sur un lac par le vent font alterner à la surface de l'eau les reflets d'une branche en fleurs et du ciel.

Elle était bien comme ça. Elle allait attendre sans bouger l'arrivée de Yaeko. Elle entendrait d'ici l'appel de Yukari-*chan*, aussitôt passé la porte : *Obaasan*! Le temps que la fillette ôte ses chaussures (elle tenait à le faire sans aide désormais), et le tambourinage des petits pieds précéderait son irruption.

Pour l'instant le silence régnait dans la maison. Assise sur ses talons, appuyée au dossier de la chaise sans pieds, un coude sur la table basse, Yumi gardait les yeux clos.

Heureuse.

Sur ses lèvres, une vague de contentement venue de très loin dessina la courbe d'un sourire, ainsi que les courants marins tracent de menues collines sur les sables au fond de la mer.

Elle avait encore ce sourire d'enfant, ce sourire sans nom que l'on voit au Bouddha quand son cœur soudain s'arrêta.

Derrière elle le vent très lentement fit osciller la cloison de papier de riz. Les *shoji* palpitèrent doucement telle la gorge d'un oiseau.

Dans le feuillage contre la fenêtre une mésange invisible chanta.

Dehors, au travers des ruelles du village, de partout montait le long, recommencé murmure de la mer.

SOURCES

Ama of Shima peninsula (éd. Ama Culture International Steering Committee)

Ama of Toba — Shima (éd. Sea-Folk Museum)

MARTINEZ Dolores P, *Identity and ritual in a japanese diving village* (University of Hawai Press)

KÔNO Fumiyo, *Dans un recoin de ce monde, manga* (éd. Kana)

ÔÉ Kenzaburô, *Notes de Hiroshima* (éd. Gallimard, Folio n° 5366)

GAREL Jean-Pierre, http://faunemarineetdangers.pagesperso-orange.fr

REMERCIEMENTS

Pour la préparation de ce roman, j'ai pu aller aux sources, à l'automne 2016, pendant six semaines au Japon, notamment à Tōshijima — une île où travaillent encore quelques *ama* — dans le cadre d'une « mission Stendhal » de l'Institut Français, que je remercie vivement d'avoir sélectionné mon projet d'écriture.

L'extrême politesse, l'amabilité, la courtoisie, la gentillesse, voire le dévouement des Japonais à l'égard de l'étranger qui visite leur pays sont légendaires.

Je voudrais exprimer ici mes remerciements aux personnes qui m'ont, au-delà de cette attitude commune à leurs compatriotes, apporté une aide précieuse dans mon travail de préparation en vue de l'écriture de ce roman :

- à Yoshitaka Ishihara, directeur du Musée des traditions de la mer (Sea-Folk Museum) de Toba, pour le temps qu'il a consacré à me faire découvrir le métier et l'histoire des *ama*, jusqu'à m'accompagner à Tōshijima pour m'introduire auprès des professionnels de la pêche ;

- à Taeko Shibata, de Nagoya, pour ses talents d'interprète (français-japonais) ; sa présence fut réduite à quelques jours, mais sans elle je n'aurais pu avoir aucun réel échange sur place. Merci aussi pour avoir, pendant des mois par la suite, aimablement relayé mes questions auprès des *ama* de Tōshijima et en retour traduit leurs réponses ;

- à Hamaguchi Chidzuru et Hashimoto Kazuyo, *ama* de Tōshijima, qui m'ont parlé de leur activité, et accueilli sur leur barque en observateur de leurs plongées ;
- à Chihiro Igarashi, de la Community-Reactivating Cooperator Squad, arrivée à Tōshijima après mon départ (malheureusement pour moi, puisqu'elle parle anglais), pour m'avoir aidé à rassembler ensuite sur place certains détails qui me manquaient ;
- à Mariko Miyagi, guide bénévole (parlant un excellent français) au temple de Horyu-ji à Ikaruga (préfecture de Nara), pour ses recherches à ma demande ;
- à la famille Nakamura — du ryokan Nakamura-ya à Tōshijima — pour son accueil et son souci de m'apporter une contribution par des documents de son histoire familiale. Nos échanges, à l'aide de nos smartphones traducteurs, furent parfois de grands moments de solitude linguistique… ;
- à la famille Misuzu pour la chaleur de son accueil dans son ryokan de Kiinagashima, malgré un vocabulaire commun, en anglais, réduit au *minimum minimorum* ;
- et, à Paris, merci à Chiharu Tanaka, traductrice, pour sa relecture et ses conseils.

Composition : PCA/CMB.
Achevé d'imprimer
sur Roto-Page
par l'Imprimerie Floch
à Mayenne, en mars 2021.
Dépôt légal : mars 2021.
Numéro d'imprimeur : 97920.

ISBN : 978-2-7152-5477-0 / Imprimé en France.

367632